Im Zaubergarten - Der kleine und der große Klaus

Ich danke meiner Tochter Ulrike für die sehr gelungenen Illustrationen

Adolf Tscherner

Im Zaubergarten

Der kleine und der große Klaus

Zwei politische Märchen

Illustrationen Ulrike Tscherner

ISBN 3-8311-3605-X

Herstellung: Books on Demand GmbH, Norderstedt

Im Zaubergarten

Der Magus und sein Garten

Es war einmal ein großer Zauberer, der hatte durch Erbschaft und Glück einen riesigen, daneben noch wundervollen Garten in seinen Besitz gebracht. Dieser Garten war so groß, daß er ohne weiteres als ein verkleinertes Abbild der übrigen Welt angesehen werden konnte. Da gab es Berge und Seen, Täler und Flüsse, Ebenen, in denen Wälder und Auen wechselten. Alles war fruchtbar und lebendig. Neben Eis und Schnee in den höchsten Bergregionen gab es auch Wüsten und Einöden. Doch in den meisten Landschaften keimte aus allen Ritzen und Spalten Leben hervor.

Es war ein blühendes Land, dieser Zaubergarten mit seinen vielerlei Blumen und Gewächsen, seinen tierwimmelnden Auen und fischreichen Seen. Ja, an Tieren und Fischen war kein Mangel, der Artenreichtum sprengte alle Vorstellungen. All das stand in Harmonie zueinander, so daß keines der Teile das übrige mehr als irgend notwendig in Mitleidenschaft zog.

Außer Pflanzen und Tieren gab es Feen und Elfen, Nixen und Nymphen, Gnome und Kobolde, Riesen, Lindwürmer und Drachen, Spukgeister, Neckwichte und eine große Zahl von Hexen im Zaubergarten. Der große Zauberer stand als Magus allen voran und wurde allseits respektiert und geachtet. Keines der zauberischen Wesen hätte es je gewagt, sich dem Spruch des Magus zu widersetzen. Das war aber auch gar nicht nötig, denn seine Regentschaft war von Weisheit und Verantwortlichkeit für seine ihm anvertrauten Lebewesen und Geister geprägt.

Auch wenn der Magus allen Geistern gebieten konnte, er gehörte eigentlich nicht zu ihnen. Denn er war ein Mensch, übrigens der einzige

Mensch, der im Zaubergarten hauste. Daß er ein Mensch war, störte die Geister rings in keiner Weise. Denn er war in anderer Hinsicht doch wieder einer von ihnen. Zaubern konnte er jedenfalls wie keiner der Geister. Und was das Menschsein betraf, der Magus war von einer so durchscheinenden Körperlichkeit, daß manchmal, wenn die Windgeister ihr tolles Spiel im Garten trieben, man Angst haben mußte, daß sie den Magus nicht irgendwann davonwehen würden.

Oft saß er da vor seiner kleinen Hütte im Tal, betrachtete den nahen Wasserfall und ließ per Zauberkraft ein wenig Sonnenflimmer auf den sprühenden Gicht strahlen. Da war es dann, als wäre der Zaubergarten zu seinem eigentlichen Leben erwacht. Ein Regenbogen erstrahlte, Elfen stiegen aus den Wiesen empor, bildeten eine Kreis und tanzten und wogten umeinander. Die Neckgeister aber und die Kobolde versuchten, in die Schar der Tanzenden einzudringen und ihnen ein wenig glitschigen Schlamm aus dem nahen Teich zwischen die Füße zu werfen. Das war so ihre Art, an der Harmonie teilzuhaben.

Auf der Fläche des Teichs stiegen die Nixen auf und nieder und bildeten einen tanzenden Gegenpol zu den Elfen. Wenn sich aber ein Kobold in ihre Nähe wagte, wurde er ergriffen und in die Fluten getaucht. Er kam erst wieder frei, wenn er mehrmals unter Wasser gedrückt, beschwor, sich heute nicht wieder in die Nähe der Tanzenden zu wagen. Er hockte dann frierend und mißmutig auf einem der Äste der nahen Ulmen.

Schließlich aber klatschte der Magus in die Hände und befahl den Geistern rings, sich an ihre eigentliche Arbeit zu machen, das war den Pflanzen und Tieren zu helfen, ihr Dasein in rechter Weise zu bestehen. Die Elfen halfen den Blumen, die ihnen zugeteilten Farben in die Blüten hineinzutun, damit die Bienen und Falter sie finden und die Befruchtung bewerkstelligen konnten.

Da waren die Erdgeister und Baumgeister aufgerufen, das Wachstum von Bäumen und Sträuchern zu unterstützen. Überhaupt war das eine ganz allgemeine Gewohnheit im Zaubergarten. Jeder half dem, der Unterstützung benötigte. Keiner war sich zu schade, einem anderen zu Liebe auf eine Annehmlichkeit zu verzichten oder zu ängstlich, bei Gefahr anderen ohne sich zu besinnen beizuspringen.

Ein liebendes Band durchzog das ganze Gemeinwesen des Zaubergartens. Und selbst die Neckgeister machten mit ihrem Schabernack dort halt, wo sie lästig zu werden drohten oder wo sie gar Ungemach zu bereiten begannen. So war durch dieses Liebesband eine Harmonie im Zaubergarten gewonnen, welche jedes Mitglied, ob Geistwesen, Tier, Vogel, Pflanze, Insekt, zum Teil einer großen Gemeinschaft werden ließ, deren Sinn der gegenseitige Schutz, die Hilfe, aber auch die Achtung des Andersseins anderer bedeutete.

So hatte der alte Zauberer einen wahrhaft glücklichen Erdenbezirk geschaffen und niemand, der im Zaubergarten lebte, wäre freiwillig aus ihm hinausgezogen. Bewirkt wurde diese Harmonie durch kleine, feine Zaubereien unseres Hexenmeisters. Denn all sein Sinnen und Trachten war darauf gerichtet, die bestehende Harmonie zu bewahren. Das aber meinte er dadurch zu erreichen, daß er seine Mitgeschöpfe immer aufs Neue zu tätiger Anteilnahme, Mitgefühl und Hilfsdiensten für andere anspornte.

Da der Zauberer ein Mensch war, war er weder der Schar der Geister zugehörig, noch gehörte er zu der Gesellschaft von Tier und Pflanze. Sein Menschsein war allerdings von einer Art, die Menschen normalerweise nicht zugänglich ist. Und er war sehr, sehr alt. Denn selbst die Uraltgeister der Drachen und Lindwürmer konnten sich nicht entsinnen, von der Geburt des Magus irgendwann gehört zu haben. All das lag vor ihrer Zeit. Zeitlos war der Meister, äußerst langlebig, daher doch so etwas wie ihnen zugehörig. Man munkelte, daß der Magus besondere Zaubereien in der Nacht zum Äquinoktium zu verüben pflege, die ihn stets aufs Neue in verjüngter Gestalt entließe.

8

Der Magus war das einzige Exemplar der Spezies Mensch im Zaubergarten. Der Meister wußte nicht so recht, ob dies ein Vor- oder ein Nachteil wäre. Ein Nachteil war, daß er sich mit Seinesgleichen nicht bereden konnte. Ein wenig Einsamkeit umfing den Meister schon. Ein Vorteil war, daß Menschen stets Schurkereien zu verüben pflegten Sie folgten ihren Ideen, und wenn diese auf das Verderben anderer gerichtet waren, konnten sie davon nicht abgebracht werden. Damit wollte der Magus nichts zu tun haben.

Der Magus war noch am Überlegen, als ihm in einem Traum eine Botschaft des Herrn der Welten erreichte. Eine solche Botschaft, das wußte der Magus, war wie ein unumstößlicher Befehl. Man konnte sich ihm nicht widersetzen, denn es war Bedingung für das Bestehen des Zaubergartens, daß solchen Anordnungen unter allen Umständen Folge zu leisten wäre. Selbst wenn sich der Magus dagegen sperren sollte - der Befehl würde dann von anderer Seite in die Tat umgesetzt.

Der Befehl lautete, daß der Magus alles Notwendige unternehmen solle, um von nun an Menschen in seinem Zaubergarten zu beherbergen. Da aber Menschen im Gegensatz zu Tieren in besonderer Weise zu behandeln sind, damit sie einen etwaigen Zauber nicht bemerken, so waren dem Einbürgerungsbefehl noch eine Zahl von Zusatzbedingungen beigegeben. Diese vor allem bewirkten, daß sich der Meister nach Erhalt der Botschaft den Schweiß aus der Stirn strich.

Da war zunächst die Forderung nach Angemessenheit aller zauberischen Handlungen, die der Magus oder seine hilfreichen Geister an den menschlichen Bewohnern des Zaubergartens verübten. Dann sollte jede Form der Magie so geschehen, daß auch eine natürliche Ursache das erzauberte Ergebnis hervorgebracht haben könnte. Und drittens sollte den Ankömmlingen das Gedächtnis ihres früheren Lebens genommen werden, damit der Zauber des Gartens nicht durch Vergleich zutage träte.

Wichtiger allerdings war offenbar, daß die Kenntnis der neuen Bewohner vom Dasein der äußeren Welt, aus der sie kamen, ihrem Gedächtnis vollständig entrückt wurde. Sie sollten sich völlig frei in Handlungen und Entscheidungen fühlen. Nur die Situation des Zaubergartens sollte gelten, die verläßliche Außenwelt aber keine Rolle spielen.

Der Magus sichtete die beigefügten Bedingungen. Als erstes die Angemessenheit aller Zaubereien. Das konnte doch nur bedeuten, daß seine Reaktionen auf Zuwiderhandlungen gegen das Gesetz des Gartens der Schwere der Handlung zu entsprechen habe. Doch womit mußte man bei den Menschen rechnen? Kamen wirkliche Verbrechen vor, etwa Räubereien oder gar Schlimmeres? Der Magus war sehr im Zweifel, ob er diesem Wunsch immer entsprechen könnte. Wie sich später herausstellen sollte, wurde ihm in wichtigen Fällen die Entscheidung ohnehin durch direkten Befehl des Herrn aller Welten abgenommen.

Die zweite Bedingung, nach der alle Zauberei einen natürlichen Anstrich haben sollten - da mußte man sehen. Der Magus hoffte, daß ihm stets das Geeignete einfallen würde. Die dritte Bedingung war einfach zu erfüllen. Im Augenblick, wo der Neuankömmling die Schwelle zum Zaubergarten überschritt, würde ihn eine Ohnmacht für kurz gefangen nehmen. In dieser Sekunde wollte der Meister alle Erinnerung an die bisherige Existenz in der Weise tilgen, daß sie im Bewußtsein nicht mehr vorhanden war.

Es würde nicht ausbleiben, daß sich eine erkleckliche Zahl von Menschen - Männer, Frauen, Kinder, auch ganze Familien - für die Umsiedlung in den Zaubergarten bewarben. Deshalb gingen der Zauberer und seine hilfreichen Geister emsig ans Werk, die Voraussetzungen für den Bau der vielerlei Häuser, Wohnungen, Hütten, Behausungen für die in ihren Bedürfnissen doch sehr unterschiedlich gearteten neuen Bewohner zu schaffen. Denn die einen liebten die Ebene, andere die Berge. Manche wollten in der Stadt, andere auf dem Lande wohnen. Da der Zauberer es allen möglichst recht machen wollte, war das keine leichte Aufgabe.

Schließlich mußten überhaupt erst die Menschen gefunden werden, die in den Zaubergarten umsiedeln wollten. Dazu schickte der Magier seine

Kobolde und Gnome aus, die sollten im äußeren Reich auf Tafeln bekannt machen, daß jeder der wollte, in den Zaubergarten kommen könne um dort zu leben. Man müsse als Bewohner allerdings damit rechnen, daß der dort herrschende Magus und die Schar seiner Geister auf das Leben der dort Lebenden in zauberischer Weise einwirke.

Der Zauberer hoffte durch diese Warnung den Zustrom von Fremden abbremsen zu können. Das war aber zu kurz gedacht. Man ließ sich nicht schrecken. Besonders die, die auf Abenteuer aus waren oder ohnehin nichts zu verlieren hatten, kamen in hellen Scharen. "Jetzt wird es im Zaubergarten richtig voll," dachte der Magus, "wo sollen all meine Nymphen und Elfen bleiben? Und was mache ich mit den Riesen und den Lindwürmern? Die brauchen doch Platz!"

Zum Glück kam im Traum des Magiers eine Botschaft vom Herrn der Welten, daß der neuen Bewohner nun genug wären. Die Tore zum Zaubergarten wurden wieder geschlossen und nur ab und an für so viele Neuankömmlinge geöffnet, wie Menschen im Zaubergarten in der Zwischenzeit dahingegangen waren.

Die Menschen nahmen also den Zaubergarten in Besitz. Eigentlich konnten sie das gar nicht, denn der Garten gehörte ja dem Magier. Aber darum kümmerten sie sich wenig. Erlaubt ist, was gefällt, war ihr Spruch, und ihnen gefiel der Garten ganz ausnehmend gut. So, wie er zunächst war, mußte er einem auch gefallen, mit seinen klaren Seen, kühlen Wäldern, begrünten Bergen.

Besitz ist aber nur ein Ausdruck dafür, daß man mit dem, was im eigenen Besitz ist, nach Belieben schalten und walten kann. Da die Menschen das in einer Weise taten, die auf die Wünsche und Bedürfnisse der bisherigen Bewohner nicht die mindeste Rücksicht nahm, war es mit der vollkommenen Harmonie und der Schönheit des Zaubergartens bald nicht mehr ganz so weit her. Langsam aber sicher trübten sich die Seen, verkrüppelten die Wälder, vergilbten die Berge.

Die Menschen brauchten einfach zu viel Platz für sich. Da waren für Tier, Pflanze und die mit ihnen verbundenen zauberischen Geister schwere Zeiten angebrochen. Selbst dem Magus rückten sie mit Eifer auf den Pelz, da sie in seinem noch unangetasteten Tal die dort wachsenden Bäume für ihre Sägemühlen zu schlagen gedachten. Er mußte erst einige Schlamm- und Steinlawinen auf die Holzfäller herabdonnern lassen, bis sie nach großem Gezeter begriffen, daß das Tal hier für ihr Beginnen zu gefährlich war.

Dort aber, wo sie ganz unter sich waren, in den Städten und Ortschaften, raubten sie nicht nur die Natur aus und machten sie zuschanden. Sie waren auch einer des anderen Teufel. Von Harmonie und gegenseitiger Hilfe wollen wir gar nicht reden. Man handelte so, als wären andere nicht vorhanden. Oder man nahm sich das, was man brauchte, mit Gewalt. Das nannte man dann "Das Recht des Stärkeren!"

Der Magus hätte das alles gern beendet, konnte aber doch nicht jeden Schornstein, der Giftwolken in den Himmel blies, in sich zusammen- krachen lassen. Das wäre auch gegen die Abmachung der Angemessen- heit seiner Zaubereien gewesen. Selbst kleinere Eingriffe waren schwer durchzuführen, ohne den Verdacht auf Zauberei zu erregen.

So wurde der Magus nur immer verdrossener und mißmutiger. Seine Elfen und Nixen tanzten nur noch selten im Mondlicht. Sie waren damit beschäftigt, die ärgsten Schäden in Wald und Flur zu beseitigen. Das aber wollte von Jahr zu Jahr immer schlechter gelingen.

Die Gnome aber und Wichte hatten ganz ihre simplen Neckereien vergessen. Wurden sie tätig, so dadurch, daß sie den Menschen richtigen Schaden zufügten. Das vergiftete aber ihre eigene Seele, so daß sie sich innerlich der Eigenart der Menschen anglichen.

Die Turmmenschen

Als der Herr der Welten einen weiteren Traum für den Magus ankündigte, hoffte jener, daß nun das Dilemma um den Zaubergarten enden würde. Doch es kam ganz und gar anders. Der Traum erschien. Doch statt daß eine Verringerung der Zahl menschlicher Bewohner in Aussicht gestellt wurde, sollte noch eine weitere Schar von Menschen in den Zaubergarten eingebürgert werden.

Der Meister versuchte zu rebellieren. "Bedenkt doch, Herr der Welten, daß schon jetzt die vorhandenen Menschen eine unerträgliche Last für alle übrigen Geschöpfe des Zaubergartens darstellen. Wären sie nur etwas weniger selbstsüchtig, etwas weniger töricht, der Zaubergarten könnte vielleicht überleben. Doch wie die Dinge stehen, kann davon keine Rede sein. Hier geht alles zu Grunde. Und nun auch noch dies. Wollt ihr, Herr, den Zaubergarten zerstören?"

Der Herr der Welten ließ sich nicht beirren. "Von Zerstörung des Zaubergartens kann keine Rede sein. Ein Teil deines Gartens ist dünn besiedelt, könnte aber viel mehr Menschen beherbergen. Diese werde ich zu dir schicken." Der Magus brach fast in Tränen aus: "Warum Herr, warum?" - "So muß es geschehen, es ist mein Wille!" sprach der Weltenherr und entschwand aus dem Traum. Der Magus fiel vor innerem Schmerz fast in sich zusammen. Doch was half es. Die empfangene Weisung war wie ein Gesetz. Es gab keinen Widerstand dagegen.

Die Weisung des Weltenherrns hatte sich in Windeseile bei den Geistern des Zaubergartens herumgesprochen. Auch die Tiere und Pflanzen wußten in Kürze bescheid. Es erhob sich ein vielstimmiges Klagen unter den Bewohnern, denn jedem war klar, daß diese Anordnung alle Wesen und auch den Garten selbst in entsetzlicher Weise in Mitleidenschaft ziehen würde.

Nicht wie beim vorigen Einzug der Menschen mußte in der Außenwelt um Einwanderer geworben werden. Ganz wie von selbst schienen die neuen Bewohner zu kommen. Sie kamen nicht wie die ersten, weil sie im Außenbereich keine Zukunft für sich erkennen konnten, sondern weil sie meinten, in einem Zauberland wäre der Tisch für jeden von ihnen von sich aus gedeckt.

Als sie merkten, daß man auch im Zaubergarten seine Brötchen selbst verdienen muß, sagten sie zueinander: "Das muß sich ändern. Arbeiten mag vielleicht notwendig sein, aber nicht für uns!"

Will man nicht selber arbeiten, muß man andere für sich arbeiten lassen. Denn zum Leben braucht man Essen, Wohnung und Kleidung, um das wichtigste zu nennen. Und all das kann nur durch Arbeit gewonnen werden. Die neuen Bewohner wußten, daß man ihnen nicht mal einfach so die zum Leben nötigen Güter schenken würde. Niemand würde ihnen etwas schenken. Wollten sie also nicht arbeiten, mußten sie sich die Güter mit Gewalt verschaffen.

"Wir brauchen Macht," sagten sie, "Macht über die übrigen Menschen des Zaubergartens". Haben wir die Macht errungen, werden wir sie kundtun durch den Bau eines riesigen Doppelturms. Seine enorme Höhe soll den Altmenschen sagen: "Seht her, das sind wir, das ist unsere Macht, mit diesen Türmen knechten wir euch, sie müßt ihr erst stürzen, wollt ihr unsere Macht besiegen". Aus der Überzeugung heraus, die Macht zu erringen und den Doppelturm zu bauen, nannten sie sich hinfort Turmmenschen.

Da Macht nicht so ohne weiteres zu erringen ist, mußten sich die Turm-menschen wohl oder übel in das saure Geschäft des Broterwerbs fügen. Aber nicht alle. Einige waren gescheit. Die verstanden es, gleich von Anfang an, andere für sich arbeiten zu lassen, ob diese nun alteinge-sessen oder neu hinzugekommen waren, war ihnen gleich. Sie wollten auf Kosten anderer leben, und wie es sich fügte, lebten sie geradezu fürstlich. Und das können ohnehin immer nur wenige.

So weit waren die Dinge gediehen, als der Magus eine Versammlung der Geister des Zaubergartens einberief. Neben den neuen Vorstellungen der Turmmenschen, die nur sie selbst betrafen, gab es vieles, was die Natur oder auch nur die Menschen anging, die bisher den Zaubergarten bewohnten. Die Türmler nannten sie die Altmenschen.

So traf man sich im Tal des Magus und es war schon beeindruckend, einmal die vielen verschiedenen Sorten von Geistern des Zaubergartens nebeneinander liegen, sitzen, kauern zu sehen. Alle waren gekommen, denn jeder hatte irgendeinen Übergriff der Turmmenschen vorzubringen. So wie die Sache stand, mußte mit einer recht stürmischen Versammlung gerechnet werden.

Nachdem der Magus die Versammlung eröffnet und die Teilnehmer ermahnt hatte, so vorurteilslos wie möglich ihre Beobachtungen und Anliegen vorzubringen, ergriff ein Elementargeist als erster das Wort.

"Die zweite Welle der Einwanderung von Menschen hat uns in eine schlimme Lage gebracht. Ich will nicht reden von den Zerstörungen in der Natur. Die ist allen Menschen anzulasten. Allerdings den Turmmenschen in erschreckend hohem Maße. Nein, ich möchte berichten, wie die Turmmenschen sich zu Ihresgleichen verhalten, also den Altmenschen gegenüber.

Offenbar hatten sie bei der Besiedlung das Problem, daß der Zaubergarten, übrigens wie jede Landschaft, Nahrung nur für eine begrenzte Anzahl von Menschen liefern kann. Die Ureinwohner verbrauchten einen gewissen Anteil davon. Damit waren sie in den Augen der Turmmenschen nicht nur schädlich, sondern ihnen geradezu im Wege. Rigoros wie die Turmmenschen nun einmal sind, wurden die Ureinwohner einfach ausgemerzt, verjagt, vernichtet.

Nachdem die Ureinwohner ausgerottet waren, holte man sich aus anderen Teilen des Zaubergartens billige Arbeitskräfte herbei. Nicht durch Verlockung, sondern durch Zwang. Das war das, was man als Sklaverei zu bezeichnen pflegt. Das ganze wurde erst beendet, als im gesamten Bereich des Zaubergartens Sklaverei abgeschafft war und das Gemeinwesen der Turmmenschen in Gefahr geriet, als barbarisch abgestempelt zu werden."

Ein Gnom wandte ein: "Sie haben sogar einen inneren Krieg geführt, weil ein großer Teil von ihnen Sklaverei verabscheute und abgeschafft wissen wollte. Das ist doch eine honorige Vorgehensweise. Mehr kann man nun wirklich nicht verlangen!"

Ein Erdgeist fuhr ihm in die Parade: "Man fand einen anderen Dreh, Menschen zu versklaven. Sie begriffen, daß zukunftssichere Versklavung nicht durch das plumpe Mittel physischer Gewalt erreicht wird, sondern durch die viel feineren Mittel wirtschaftlicher Abhängigkeiten. Also begannen die Turmmenschen, alle anderen wirtschaftlich von sich abhängig zu machen. Da das nur dann gelingt, wenn man jeden Gegner militärisch besiegen kann, wurden zugleich große Mengen Waffen für einen möglichen Krieg beschafft.".

"Ja," sagte ein Wicht, "um als Richter der Gemeinschaften die Macht zur Durchsetzung ihrer Richtersprüche zu besitzen. Sie wollen Odnung schaffen, um den Frieden zu gewährleisten." - "Du bist ein alter Schönredner und Wahrheitsverdreher," schnaubte einer der Feuerdrachen, "das, was sie schaffen, ist der Frieden, der alle mundtot macht und die, die aufmucken, umbringt. Ein schöner Frieden ist das!"

"Sie haben leider Erfolg damit," sagte ein Riese, "weil das Kriegsglück noch immer dem beschieden ist, der der skrupelloseste und unmoralischste ist. Das sind nun mal die Turmmenschen. Und sie haben noch das Kampfinstrument gefunden, das ihnen die Überlegenheit über alle Gegner sichert: der Bau der großen Bombe."

"Zur Demonstration setzten sie die Bombe auch gleich gegen eine Gemeinschaft ein, mit der sie im Zwist lagen," sagte der Drache, "unbedenklich, obwohl sie mit dem Abwurf der Bombe unendliches Leid über die Betroffenen brachten. Es ist fester Bestandteil ihrer Weltanschauung: Von ihnen verursachtes fremdes Leid ist gutes Leid, und gilt als recht getan. Eigener Schmerz, von anderen hervorgerufen, mag er noch so gering ausfallen, ist böses Leid, und wird mit Haß, Rache, Krieg beantwortet."

"Dabei," meldete sich ein Alb zu Wort, "geben sich die Turmmenschen nach außen hin so, als seien sie streng den mitmenschlichen Vorstellungen gegenüber verpflichtet. Tatsächlich schert sich keiner um den anderen. Nur wenn es gilt, das Wohl und Wehe der Turmgemeinschaft insgesamt anderen Gemeinwesen gegenüber zu verteidigen oder auszubauen, ist man plötzlich eines gemeinschaftlichen Sinnes."

Ein Neckwicht sagte: "So handeln die Türmler doch nur zur Verteidigung des Guten! Mit Recht tun sie sich und anderen Gemeinschaften gegenüber kund, daß die eigene Sache vom Willen des Herrn der Welten getragen ist. Der Zwist mit anderen Gemeinschaften ist der Kampf von Gut gegen Böse. Die Türmler sehen sich als Verteidiger des Guten und handeln dann in entsprechender Weise."

Der Magus ergriff das Wort: "In letzter Konsequenz basiert diese Vorstellung auf der Annahme, daß es neben dem Herrn der Welten noch einen Herrn der Finsternis gibt, Ahriman, wie man ihn nennt, der von der Finsternis hin zum Licht strebt. Zwischen beiden Weltenherren wogt ein ewiger Kampf hin und her, wobei sich die Menschenseelen, je nach innerer Beschaffenheit, dem einen oder anderen Weltenherrscher anschließen.

In diesem Kampf Gut gegen Böse und Böse gegen Gut sind eigentlich die Guten genauso böse wie die Bösen und die Bösen genauso gut wie die Guten. Es ist nur wichtig, auf welcher Seite man steht. Der eigene Standpunkt ist immer der gute, der des Gegners der böse. Das ist von vornherein klar. Und diese selbstherrliche, grotesk falsche Weltsicht wird vornehmlich von denen vorgetragen, die die Macht innehaben, um diese Macht und allen Machtmißbrauch zu legitimieren."

Die Versammlung der Geister schauderte es. Die Geister begriffen, daß die Menschen offensichtlich ganz anders dachten als sie, in anderen Vorstellungen lebten. Das war nicht nur platter Egoismus. Ihr ganzes Denken, ihre Weltanschauung hatten sie so zurechtgemodelt, daß ihre Taten, die nun wirklich nicht nachahmenswert waren, immer in einem für sie günstigen Licht erschienen. Und die Turmmenschen machten den Vorreiter, waren im Schurkischen allen um drei Schritte voraus.

Ein Riese meinte: "Diese Denkkonstruktionen, die mit der Wirklichkeit nicht das Mindeste gemein haben, sollen also die Rechtfertigung liefern, sich aller Moral entledigen zu dürfen. Böses gegen Böse tun ist immer gut, und die anderen sind immer böse. Wie praktisch! Das eigene Handeln ist immer vom Gutsein geprägt.". -"Das ist nicht nur praktisch", sagte ein Elf, "es ist geradezu notwendig, will man sich über alle Moral hinwegsetzen."

Jetzt schwiegen erst mal alle. Man mußte das Gesagte verdauen. "Das ist ja eine tolle Geschichte", sagte einer der Drachen, "was haben wir uns da bloß in den Zaubergarten geholt. Man sollte die ganze Brut aus dem Zaubergarten wegtilgen. Das erledigen wir Feuerdrachen in drei Tagen. Das geht ratz-fatz!"

"Sollen wir uns etwa auf eine Stufe mit ihnen stellen? Das hieße ja Schurken mit schurkischen Mitteln bekämpfen. Nein, niemals!" wandte ein Lindwurm ein. "Ach", plusterte sich der Feuerdrache auf, "jetzt werden die Türmler noch in Schutz genommen. Das wird ja immer schöner." Er regte sich dermaßen auf, daß mit seinem heftig strömenden Atem eine ganze Feuerwolke seinem Maul entwich.

Unglücklicher Weise kauerte der Lindwurm gerade in der Richtung im Gelände, in der der Feuerstoß des Drachen losging. Wie von der Tarantel gestochen, bäumte sich der Lindwurm auf, denn der Feueratem des Drachen hatte ihm sein Hinterteil versengt. Wutschnaubend hob er den Schwanz und klatschte ihn in den nahen Teich, um sich abzukühlen.

Das ließ nicht nur das Wasser in breitem Schwall losdonnern, sondern ganze Schlammassen wirbelten vom Grunde hoch, schossen nach allen Seiten los und flogen den übrigen Geistern der Versammlung um die Ohren. Ein ungeheurer Tumult entstand. Kleinere Neckgeister und Kobolde waren ganz unter den Schlammassen begraben. Nixen schwammen im Moderbrei, Elfenflügel hingen sandig und verklebt herab.

"Das war nun wirklich nicht nötig" rief der Magus den Wüterichen zu. Dann befahl er den Wassergeistern, es erstmal auf die Versammlung in Kübeln herabregnen zu lassen, danach den Windgeistern, einen warmen Wüstenwind zu schicken, der die triefnassen Gestalten trocknen sollte. Als das geschehen, nahm der Magus den letzten Gedanken wieder auf: "Der Drache will den Turmmenschen mit Gewalt begegnen, unser Lindwurm ist dagegen und ich auch! Gewalt kommt nicht in Frage."

"Na bravo!", sagte der Feuerdrache, "dann können wir uns ja bald in die verantwortungslose und kulturfreie Turmgemeinschaft eingliedern. Denn es sollte wohl allen klar sein, was es mit der Kultur der Turmmenschen auf sich hat. Ich meine: Kultur ohne die Hinwendung zur Moral ist ein Unding. Man sieht es ja. Turmmenschen haben keine Moral, sie haben auch keine Kunst. Kunst kann man nun wirklich nicht gebrauchen, will man den ganzen Zaubergarten erobern."

Ein Kobold hielt ihm entgegen: "Der Meinung bin ich nicht. Alles, was derzeit Kunst und Kultur betrifft, geht doch von den Türmlern aus. Sie überschwemmen alles geradezu mit ihrer Musik und ihren Filmen."

Ein Elf darauf: "Das, was sie Musik und Film nennen! Eine Ansammlung hirnloser Massenunterhaltung. Wenn andere Gemeinschaften sich mühen, Musik, Kunst und Literatur zu pflegen und zu höchster Blüte zu bringen, so ist man hier nur bestrebt, nach außen hin den Schein der Kulturbeflissenheit zu wahren. Was die eigentliche Schöpfung von Kunst und Kultur betrifft, ist man im höchsten Maß desinteressiert und ohne Inspiration."

Ein Riese ergänzte: "Sie besitzen einfach keinen Sinn dafür. Hat man ein Bauwerk zu stehen, welches einen gewissen künstlerischen oder historischen Wert darstellt - schwupp wird es abgerissen, da der Platz für ein anderes profitables Projekt benötigt wird. So verspielt man eigentlich dauernd seine Vergangenheit."

"Na, ja," sagte der Riese, "den Turmmenschen ist mehr daran gelegen, die eigene Wesensart, den eigenen Weg zum Erfolg, kund zu tun und sich bei dieser Gelegenheit nach Kräften in Szene zu setzen. Die große Masse ist nicht an Kultur, sondern an sportlicher Leistung interessiert, in der Durchsetzungskraft und Draufgängertum gefeiert werden."

Ein Alb fügte hinzu: "Wichtig ist den Turmmenschen, sich von der eigenen Stärke so zu überzeugen, daß sie den Gedanken an Schwäche bei sich überhaupt nicht erst aufkommen lassen. Doch genau besehen haben die Turmmenschen überhaupt kein Selbstbewußtsein.

Kein Gemeinwesen des Zaubergartens ist so von Selbstzweifeln geplagt wie das der Turmmenschen. Niemand läuft so permanent zum Seelenbeistand wie sie. Als die Seelenanalyse erfunden war, waren die Turmmenschen die ersten, die sich deren Lehren einverleibten."

Ein Gnom: "Es gibt den Spruch, daß jeder Turmmensch mindestens einmal im Leben auf der Couch eines Seelendoktors liegen müsse. Das ist er sich und seiner zarten Seele schuldig!"

Ein Wicht meinte: "Und sie haben eine Fahne! Ihr Selbstbewußtsein macht sich an ihrer Fahne fest. Ob draußen im Wind oder innen auf dem Schreibtisch. Die Fahne der Turmmenschen ist anwesend und flattert voran oder hängt, innen jedenfalls, schlaff herunter. Als eine Art Potenzersatz, Symbol defizitärer Männlichkeit."

Ein Kobold meldete sich zu Wort: "Wenn auch alle großen Leistungen der Turmmenschen in Frage gestellt werden. Die Sprache der Turmmenschen muß wenigstens als wirkliche Leistung gewertet werden. Sie ist ein großartiges Band, welches die verschiedenen Gemeinschaften des Zaubergartens eint! Was wären die Menschen des Zaubergartens ohne diese Sprache!"

"Sprache verständigt, verbindet, kann aber auch als Waffe genutzt werden," hielt ein Riese dem entgegen, "die Turmsprache ist so beschaffen, daß sie wie Verachtung für alle Altmenschen klingt. Ihre Kehl-, Grunz- und Rülpslaute sollen ausdrücken, daß man es hier mit einem unbarmherzigen Gegner zu tun hat.

Konnten die Türmler die Altmenschen dazu bringen, diese Sprache zur allgemeinen Sprache des Zaubergartens zu machen, war man Kontrolleur und Manipulateur aller Kommunikation. Nur Turmmenschen war ihre vollständige Bedeutung bekannt. Alle Altmenschen hinkten von nun an sprachlich den Turmmenschen hinterher und mußten sich mit dem Sprachschatz der Türmler begnügen, der nur auf Gewalt und Erwerb ausgerichtet war."

"Eins haben die Turmmenschen positiv hervorgebracht," sagte ein Gnom, "das ist die große Forderung nach der Freiheit des Einzelnen." "Ja, die Freiheit", erwiderte ein Elf, "Auf diese Forderung tut man sich viel zu Gute. Zu viel! Das geht so weit, daß man einen Leuchteengel an prägnanter Stelle des Gebiets der Turmmenschen hinbaute, der die verfochtene Freiheit symbolisieren soll.

Tatsächlich ist die so allseits gepriesene und beschriene Freiheit die Freiheit von wenigen. Auch unter den Turmmenschen gibt es nur einen verschwindend kleinen Teil, der seinen Lebensunterhalt ohne Anstrengung bestreiten kann. Einzig wer dieser kleinen Schar angehört, kann die Freiheit, so, wie sie allen versprochen wird, für sich geltend machen. Alle anderen werden durch den vorhandenen Zwang, sich zu ernähren, in die Tretmühle des Geldverdienenmüssens gepreßt. Von

Freiheit kann da wahrlich keine Rede sein. Die versprochene Freiheit ist eine Freiheit der Reichen. Die Masse hat keinen Anteil daran."

"Ihr seht also", sagte der Magus, "daß wir ein großes Problem mit den Turmmenschen haben. Sie passen einfach nicht in unsere friedliche Welt hinein und wir können sie nicht auf einfache Art loswerden. Jeder sollte noch einmal darüber nachdenken, was man gegen sie tun könnte. Wenn sie so weitermachen, wird ihre Macht und damit das Verderben, das sie dem Zaubergarten bringen, weiter und weiter wachsen. Das wäre unser aller Ende!" Damit entließ er die Versammlung.

Und tatsächlich. Auch wenn die Turmmenschen nur einen geringen Anteil an der Gesamtbevölkerung des Zaubergartens hatten, Macht und Einfluß ihres Gemeinwesens stiegen stetig. Diese Macht nutzten sie dazu, Güter ohne Gegenleistung von den Ohnmächtigen zu erpressen. Die Folge war, daß die Turmmenschen weit mehr Güter zur Verfügung hatten, als sie sich durch reelle Arbeit hätten schaffen können.

Da der Mensch alles, was er umsonst erhält, gering achtet, nahmen die Turmmenschen die ihnen ohne Zutun zufließenden Güter nur, um sie zu vergeuden. Was vergeudet wird, muß wieder nachgeliefert werden. So wurde ein sinnloser Kreislauf von Herstellung und Vernichtung von Gütern geschaffen, der die Natur in äußerster Weise belastete. Denn die Herstellung von Gütern produziert immer auch Gifte, die die Natur schädigen.

Der Gedanke, auf die Natur Rücksicht zu nehmen und den Verbrauch von Gütern deshalb einzuschränken, lag den Turmmenschen allerdings fern. Sie überlegten nur, wie sie den Zustand des eigenen Überflusses festigen könnten. Die Macht war zwar nun vorhanden, sollte allen Altmenschen aber als so selbstverständlich erscheinen, daß sie überhaupt nicht auf den Gedanken kämen, gegen diese Macht zu revoltieren.

So beschlossen sie, den ursprünglichen Plan, einen riesenhaften Doppelturm zu bauen, nun, wo sie die Macht errungen hatten, auch zu verwirklichen, um endlich die Größe und Unbezwingbarkeit ihres Gemeinwesens bildhaft darzustellen. Ja, sie meinten, durch den Bau dieses Kolosses würden sie mächtig sein wie der Herr der Welten, da ihre Macht nun in den Himmel hinauf reiche. Es war eine ganze Portion Hybris darin. Das berührte sie aber wenig, da sie meinten, alles Machbare müsse auch gemacht werden und es wäre ihr Recht, dies zu tun.

Und was setzten sie beim Bau der Türme nicht alles in Bewegung. Eine ganze Armee von Bauleuten, Handwerkern, Architekten, Fuhrunternehmen war am wirken, riesenhafte Mengen von Stein und Stahl wurden bewegt.

Als er fertig war hob er sich höher empor, als es ein Turm bisher je tat. Düster und drohend reckte er sich auf. Stand man vor ihm, glaubte man, gleich stürze er zusammen und begrübe alles ringsum. Aber er stürzte nicht. Noch nicht! Fest verwurzelt stand er da und gab Zeugnis ab von der ungeheuren Macht der Turmmenschen.

Wie sich nun zeigte, war er nicht nur Symbol sondern Zentrum ihrer wirtschaftlichen Macht. Weit spannten sich die Fäden wirtschaftlicher Verbindungen in alle Gegenden des Zaubergartens. Bald schien es so, als könne die Bevölkerung des Zaubergartens ohne diesen Doppelturm nicht mehr bestehen. Er war ein Stück des Zaubergartens geworden, und keiner der Altmenschen wollte es wahrhaben, daß er das Hauptinstrument war, die von ihnen mit Mühe geschaffenen Güter ohne Gegenleistung zu den Turmmenschen zu leiten.

Der Magus sah das alles mit Sorge. Ihm war daran gelegen, die Harmonie des Miteinander von Mensch, Natur und Geister aufrechterhalten zu sehen. Die Harmonie war nun schon lange nicht mehr vorhanden, sie zerbrach langsam aber sicher.

So ratlos war der Magus noch nie in seinem Leben gewesen. Was sollte man nur gegen die Brut der Turmmenschen unternehmen. Sollte man, wie es die Feuerdrachen verlangten, mit Feuer und Pein gegen diese Zerstörer aller Werte angehen? Oder sollte man ihre Gegner mit so starken Waffen ausstatten, daß sie aus dem Garten hinweggetilgt würden?

Der Magus verabscheute Gewalt und alles, was aus Gewalt und Gewaltaktionen entstanden war. So verwarf er die Vorstellung, den Turmmenschen gegenüber Gewalt anzuwenden, so rasch, wie für sich gedacht. Gewalt ist kein Weg, sagte er zu sich, kann kein Weg sein! Was aber war zu tun? Vielleicht war es möglich, die Altmenschen in einer Weise zu begünstigen, daß sie dem Einfluß der Turmmenschen standzuhalten vermochten, vielleicht sogar imstande waren, ihn auf ein normales Maß zurückzudrängen.

Kaum aber hatte er sich die ersten Schritte überlegt, wie dies zu bewerkstelligen sei, da meldete ihm sein Unterbewußtsein, daß ein neuer Traum des Herrn der Welten auf ihn warte, welcher in der betreffenden Angelegenheit Klarheit schaffen würde.

Die Botschaft, die der Magus danach vom Herrn der Welten empfing war kurz. Sie befahl dem Magus, alles zu unterlassen, was Macht und Möglichkeiten der Turmmenschen in mindester Weise schmälern könne. Der Magus war wie zerschmettert. Wenn das so sein sollte, dann Gute Nacht. Dann waren der Zaubergarten und alle Bewohner darin verloren.

Der Magus wagte die Frage an den Herr der Welten: "Seid Ihr jetzt auf der Seite der Turmmenschen?" - Die Antwort lautete: "Ich bin auf keines Menschen Seite. Die Absicht ist, die von den Turmmenschen vorangetriebene Entwicklung der Technik nicht zu stören. Dazu muß der ausbeuterische Geldzufluß erhalten bleiben. Erst wenn das gesetzte Ziel erreicht ist, wird die Situation im Zaubergarten bereinigt."

Der Magus versuchte Kontakt mit seinen Elfen und Nymphen aufzunehmen, um Trost von ihnen zu empfangen. Doch es mißlang. Sie hatten sich unter ihren Sträuchern und in ihren Tümpeln versteckt, und waren von dort nicht hervorzulocken. Zu einem Tanzreigen waren sie in keiner Weise aufgelegt, und ein Gespräch mit dem Magus hielten sie für überflüssig.

Sie hatten ja vernommen, daß der Herr der Welten die Turmmenschen begünstige. Was sollte da noch ein Gespräch zwischen ihnen und dem Magus bewirken. So strebte der Magus seiner Hütte im kleinen Tal zu, und ließ, dort angekommen, aus Wut über die verfahrene Situation, ein paar Steinlawinen die Hänge hinabdonnern.

Es verging eine lange Zeit. Der Magus hatte sich damit abgefunden, daß man gegen die Türmler nichts ausrichten konnte. Er rebellierte nicht mehr. Nahm es alles so hin. Doch was war das? Was erfuhr er plötzlich, aus heiterem Himmel heraus?

Die Menschen hatten eine drahtlose Kommunikationsmethode entwickelt, über die sie die neuesten Ereignisse in Windeseile über den ganzen Zaubergarten verbreiteten. Die dort erscheinenden Nachrichten waren auch dem Magus zugänglich. Nicht per Apparat, sondern durch Kraft seiner Zauberei.

Jemand hatte einen Anschlag auf die Doppeltürme der Turmmenschen verübt. Der Terrorakt war aber dilettantisch ausgeführt worden, hatte keine größeren Schäden verursacht. Sollte sich Widerstand regen? Wurde nun doch mit Gewalt reagiert.

Der Magus erkannte aus innerer Schau heraus, daß dieser Anschlag nur der Anfang einer Kette von Greultaten war, die irregulär in grundsätzlich menschenverachtender Weise durchgeführt wurden. Ihn schauderte bei dem Gedanken, daß die Ungereimtheiten der Welt letztlich immer durch Gewaltakte bereinigt wurden.

Was, und vor allem, wer steckte dahinter? Offensichtlich waren es Menschen aus einer Gemeinschaft, die den Turmmenschen den Treibstoff für ihre vielen Maschinen lieferte. Nun waren die Turmmenschen aber nicht bereit, einen angemessenen Preis für diese Produkte zu zahlen. Sie begnügten sich damit, die Mächtigen jener Gemeinschaft mit allem zu versorgen, was für deren Luxusleben notwendig war. Die Masse der Wüstenbewohner aber, der die Güter eigentlich gehörten, ging leer aus.

Den Menschen der Wüste wurde übel mitgespielt. Die Enteignung ihrer kostbaren Güter durch die Turmmenschen wäre für sie noch zu verkraften gewesen. Was sie am meisten schmerzte, und sie auf die Barrikaden trieb, war die absolute Nichtachtung und Verachtung, die die Turmmenschen ihnen gegenüber zum Ausdruck brachten. Für die Turmmenschen waren die Wüstenmenschen nur eine besondere Form von Kakerlaken, die man besser zerquetschte, als sie weiter in Torheit leben zu lassen.

Was lag da näher, als daß sich die Wüstensöhne auf das besannen, was sie von den Turmmenschen am meisten hervorhob - das war ihr Glaube. Die Menschen der Wüste unterstellten den Turmmenschen mit Recht, daß sie glaubenslos wären, daß sie über der Sucht, Geld zu verdienen und Güter anzuhäufen, alles das vergäßen, was für die Seligkeit des Menschen erforderlich wäre.

Kam es zum Kampf, war es der Kampf der Gläubigen gegen die Gottlosen, und die Gottlosen, das waren vor allem die Turmmenschen. Der Ruf der Wüstenmenschen war dabei: "Den Gottlosen die Hölle!" Damit gestalteten sich die Gedanken der Kontrahenten spiegelbildlich gleich, aber eben vertauscht. Das ist immer so bei Kämpfen: wie der eine, so ist der andere beschaffen, ein Schurke und ein Heiliger können nicht gegeneinander antreten.

Der Mißmut der Wüstenmenschen war derzeit nur ein geheimes Grollen. Sie wußten genau, daß sie sich auf einen offenen Kampf mit dem verhaßten Gegner nicht einlassen konnten. Daher drohte den

Turmmenschen keine unmittelbare Gefahr. Aber ein Gegner, der nur aus Schwäche stillhält, ist auf Dauer gesehen, nicht zu unterschätzen. Er wartet solange, bis sich die Zeiten in der Weise ändern, daß er mit Erfolgsaussicht losschlagen kann.

Für eine solche Einsicht waren die Turmmenschen jedoch zu einfach gestrickt. Ihnen genügte es, jetzt und heute jeden möglichen Gegner besiegen zu können. Die Zukunft kümmerte sie wenig. Das sollte sich nach einer Reihe von Jahren als sehr kurzsichtig erweisen.

Die Zerstörung des Doppelturms.

Zunächst unmerklich, dann aber immer stärker sich offenbarend, wurde eine tiefgreifende Änderung der Situation im Zaubergarten sichtbar. Waren bisher die Turmmenschen vom Schicksal begünstigt, so daß ihnen alles gelang, was sie sich vornahmen, so war seit einiger Zeit dies nicht mehr der Fall. Die Turmmenschen gewahrten zu ihrem Erstaunen, daß Macht- und Wirtschaftspositionen, die sie als Dauerpacht betrachteten, sich unmerklich aufzulösen begannen.

Waren die vielen Schurkereien der Turmmenschen bisher von ihren Verbündeten und Vasallen stets schön geredet worden, so daß man die moralische Position der Turmmenschen niemals grundsätzlich in Frage stellte, so wurden nun Stimmen laut, die die Aktionen der Türmler genauer untersuchten und über Ungereimtheiten hinaus geradezu bewußt verübte Verbrechen feststellen mußten.

Doch nicht nur die Bereitschaft schwand, den Turmmenschen Sonderrechte zuzugestehen. Das einfache Faktum der glücklichen Fügung schien den Turmmenschen abhanden gekommen zu sein. Nun rächte sich ein besonderer Mangel ihrer Vorstellung von Solidarität. Sie übten Solidarität nur gegen Angreifer von außen, nie aber gegen die von Innen. Was ein Schurke im Inneren der Gemeinschaft anderen tat, war wohlgetan.

Solange die Güter wie von selbst zu den Turmmenschen flossen, war mit einer solchen Einstellung zu leben. Doch nun schien es so, als habe der Herr der Welten ein neues Kapitel seiner Herrschaft aufgeschlagen. Waren die Türmler bisher vom Glück begünstigt, waren sie nun vom Pech verfolgt. Jetzt bereitete die fehlende Solidarität nach Innen wirkliche Probleme. Dennoch, die Turmmenschen waren eine Macht und ihr Niedergang wurde, wenn überhaupt, nur hinter vorgehaltener Hand besprochen.

Der Magus bemerkte den Umschwung der wirkenden Kräfte zuerst. Ihm war klar, daß eine Entwicklung in Gang gesetzt wurde, die in tiefgreifendster Weise das Dasein im Zaubergarten verändern würde. Noch wußte niemand, wie rasch diese Umformung vonstatten gehen würde, wie stark die Welt des Zaubergartens in neue Form gepreßt würde.

Dem Magus war klar, daß die Neuformung erhebliche Schwierigkeiten für alle jetzt im Zaubergarten Lebenden mitsichbringen würde. Ja, es war zu erwarten, daß der Sturz des Alten nicht nur eine neue Lebensauffassung erstehen lassen würde, sondern daß das Alte selbst, in seinen vielfältigen Lebensformen, mit Unerbittlichkeit aus dem Kreis des Zaubergartens entfernt und dahingerafft werden würde.

Da plötzlich empfing der Magus den Gedanken, daß ein neuer Traum für ihn vom Herrn der Welten bereitstünde, ihn und seine Geister zu weisen. Der Magus versetzte sich ohne Verzögerung in Trance und nun empfing er auch die Botschaft: "Es ist beschlossen, den Doppelturm der Turmmenschen zu zerstören. Wende angemessene Mittel an, dies zu unterstützen. Die Bedingungen deines Wirkens gelten diesmal sogar in besonderem Maße!"

Als der Magus erwacht war und er die Botschaft des Traums verstanden hatte, schauderte es ihn. In was war er da geraten. Konnte, mußte er dem Herrn der Welten auch hier folgen? Daran, daß der Doppelturm fallen würde, war nicht zu rütteln, das wußte er. So oder so, mit oder ohne sein Zutun war das Endresultat bestimmt. Keine Macht im Universum war fähig, dem Willen des Herrn der Welten zu trotzen.

Der Magus bedachte das Leben der Menschen in den Türmen, die durch deren Zerstörung ebenfalls vernichtet würden. Nicht alle, gewiß, aber viele, zu viele. Der Magus rief seine engsten Geister. Er berichtete ihnen, daß Attentäter bereitstünden, Flugapparate in den Doppelturm hineinstürzen zu lassen. Seine und der Geister Aufgabe wäre es, die Aktion gelingen zu lassen. Dann sprach er von seinen Bedenken.

Die Feuerdrachen drängten sich vor. Sie scherten sich wenig um die Gefahr für die Menschen. "Es sind bösartige, unmoralische Geschöpfe", sagten die Feuerdrachen, "der Tod ist noch das Geringste, was ihnen geschehen kann. Vielleicht können sie mit ihrem Tod so viel an Schuld abgelten, daß ihnen das äußerste an Folgen bisherigen Tuns in der geistigen Welt und in späteren künftigen Leben erspart bleibt."

"Tut, was ihr für notwendig haltet", sagte der Magus, "Speit Feuer auf die beiden Türme, aber haltet den Schein aufrecht, daß alles durch Menschenhand geschehen ist. Alles muß aus natürlichen Ursachen heraus erklärbar sein. Das ist die Bedingung des Herrn der Welten, die er mir auferlegte. Diese gelten damit auch für euch."

Die Drachen vernahmen die Weisung und schworen, alles zur Zufriedenheit des Herrn der Welten zu vollbringen. "Seid gnädig", sagte der Magus, "Opfert nur so viele, wie irgend nötig." Dann stahl er sich von dannen.

Es kam der Morgen. Am Himmel flammte Morgenrot. Elfen und Nixen tanzten einen Reigen, der eher einem Totentanz glich, denn quälend langsam waren die Bewegungen, nicht wie sonst voll Schwung und Energie. Abrupt, von quälender Ziellosigkeit getrieben, zogen die Sturmgeister dahin. Über allem lag ein Schatten von Angst. Die Gnome hockten im Dickicht beieinander und sinnierten: "Ein stürzender Riese schlägt er eine breite Spur der Verwüstung in die Landschaft hinein."

Im Gebiet der Turmmenschen erhoben sich zwei Flugapparate, je einer für einen der Türme des Doppelturms bestimmt, die steuerten vorwärts zu ihrem Ziel. Über ihnen, nicht fern, von der Erde aus unsichtbar, zogen zwei Feuerdrachen dahin, holten die Flugapparate ein, griffen sie, hielten sie unter sich gefangen. Ihr sonst rotes Gefieder erschien nun von unten betrachtet, wie silbern. Kleine dunkle Rauchwölkchen folgten ihnen nach, vermischten sich mit den Abgasen der Flugapparate.

Die Drachen, und mit ihnen die Flugapparate, flogen zeitlich versetzt. Der für den östlichen Turm bestimmte Apparat traf zuerst am Ziel ein. So wie er kam, stürzte er in den Turm hinein, dabei ein Loch in die Fassade reißend. Der Drache bremste und blies feurige Glut durch das entstandene Loch in den Turm, daß die Flammen zur anderen Seite des Gebäudes hervorquollen.

Schon war das Inferno im Turm erwacht. Die Feuer wüteten im Gestein. Der Stahl, zu hellroter Flüssigkeit gewandelt, floß hinab, die Glut die Etagen abwärtstreibend. Die Säulen, fest für die Ewigkeit gefügt, barsten unter dem Druck der ungeheuerlichen Glut. Was an Leben im Raum war, war blitzhaft dahin. An einer der Wände erschien die Schrift: "Auf Hybris folgt Nemesis", bis auch sie im Wüten der Feuer verging.

Nicht lange, nachdem der erste Turm getroffen, folgte der zweite. Auch er, auflodernd von Feuer und Glut des Drachens, spie Wolken von Rauch zum Himmel hinauf, wie der erste. Wer in den unteren Etagen dem ersten Inferno entgangen war, floh aus den Türmen zur Straße hinab. Draußen mühten sich die Wehren, das Feuer zu löschen. Gießkanneneinsatz gegen eine Feuersbrunst!

Sie begriffen nicht, daß die Türme nicht lange dem Ansturm der Glut standhalten würden. Der als erstes getroffene Turm stürzte zuerst. Wie die Wassersäule einer abgestellten Fontäne fiel der Turm in sich zusammen. Nach einiger Zeit folgte der zweite. Beinahe harmlos und spielerisch gestaltete es sich. Doch es war keinesfalls Spiel.

Die in den Türmen gehäuften Gesteinsmassen brauchten Platz, der nirgends vorhanden war. Wie eine Lawine von Schutt und Staub brach die Gesteinswolke über die Umgebung herein. Wer sich zu dicht an die brennenden Türme gewagt, den umhüllten nun Staub, Schutt, Gestein und wurden zu seinem Grab.

Die Turmmenschen begriffen zunächst gar nicht, was ihnen da geschah. Es war nur ein allgemeines Gefühl des Entsetzens, welches die Menge ergriff. Man versuchte zu entfliehen. Nur fort aus dieser Stadt, in der so Entsetzliches geschah. Doch wie die Menschen erkennen mußten, war das unmöglich gemacht.

Die Machthaber der Turmgemeinschaft hatten eine perfekte Mausefalle den Menschen der Stadt gegenüber aufgebaut. Aus welchen Motiven heraus das auch immer geschah: An ein Entkommen war nicht zu denken. Da die Stadt nur über Brücken erreichbar war, genügte die Sperrung weniger Übergangsstellen und diese waren blockiert worden. Wäre in diesem Augenblick ein ernsthafter Angriff von außen auf die Stadt erfolgt - Zigtausende wären Opfer dieser unsinnigen Blockade-Anordnung geworden.

Neben dieser irrwitzigen Blockade der aus der Stadt Flüchtenden, gab es noch die ganz unsinnige Anordnung, den gesamten Flugverkehr, besonders zu den anderen Gemeinschaften des Zaubergartens, auszusetzen. Man hatte den Eindruck, daß die Machthaber der Turmgemeinschaft mit diesen Anordnungen mehr Schaden herbeiführten, als es die Zerstörung der Türme vermochte. Ob dabei nur Torheit, oder gar böser Wille der Machthaber im Spiel war - wer möchte das entscheiden?

Obwohl vor der Zerstörung der Türme niemand auch nur die blasseste Ahnung von der bevorstehenden Attacke hatte, war man mit der Nennung der Schuldigen schnell bei der Hand. Schon Stunden später gab es unwiderlegbare Beweise für die Identität des Haupttäters. Selbstverständlich war es der Feind Nr. 1 der Turmgemeinschaft, ein Superreicher, der zunächst im Auftrag der Turmmenschen Terroranschläge ausgeübt hatte und dann auf die andere Seite gewechselt war.

Der erste Terroranschlag des Attentäters erfolgte exakt 28 Jahre vor Zerstörung des Doppelturms im Auftrag der Turmmenschen. Damals half er den Präsidentenpalast eines abtrünnigen Vasallen der Turmgemeinschaft zu zerstören, um jene Gemeinschaft wieder unter die Knute der Türmler zu zwingen. Es gab viele Opfer wie beim jetzigen Attentat. Damals nannte man ihn nicht Feind sondern Freund Nr. 1.

Hier zeigt sich wieder die bekannte Tatsache, daß dasselbe getan noch lange nicht dasselbe bedeuten muß. Für die Turmmenschen Terror ausgeübt, war eine aufopferungsvolle heroische Operation. Dasselbe, gegen die Türmler inganggesetzt, war eine heimtückische menschenverachtende Greultat.

Wie man bald feststellen konnte, war der Beweis für die Täterschaft des Feindes Nr. 1 auf wackligen Füßen angesiedelt. Der Beweis war zunächst nur Verdacht, danach bestenfalls Indiz. Gegen diese Annahme sprach, daß Feind Nr. 1 schon früher Attentate verüben ließ, dies jedoch in unprofessionell dilettantischer Art. Hier aber waren Profis am Werk. Generalstabsmäßig war das Unternehmen geplant und ausgeführt worden. Fehler hatte es nicht gegeben, nur Scheinhinweise, die den Verdacht auf Feind Nr. 1 lenkten.

Die Hysterie der Türmler steigerte sich ins Gigantische. Man sprach von Kriegserklärung der Attentäter, wollte Rache nehmen, tot oder lebendig sollte Feind Nr. 1 herbeigeschafft werden. Den Bergmenschen, in deren Gebiet sich Feind Nr. 1 aufhalten sollte, wurde ein Ultimatum gestellt, nach dem sie mit Krieg überzogen würden, falls sie den vermeindlichen Unhold nicht ausliefern sollten. Die Bergmenschen beharrten jedoch auf Wahrung von Recht und Gerechtigkeit, wollten Beweise und keine Spekulationen. Damit konnte die große Turmmacht jedoch nicht dienen. War daran im Grunde auch nicht interessiert.

Was sie zunächst wollte, war Rache, gegen wen oder was diese sich richtete, war ihr im Grunde gleichgültig. Wichtig war die Demonstration von Macht und Vernichtungswillen, die hier in Gang gesetzt werden sollte. Dabei wäre es der großen Turmmacht dienlicher gewesen, die Wahrheit über die Täterschaft von Feind Nr. 1 an der Turmzerstörung herauszufinden.

Sollte sich später herausstellen, daß Feind Nr. 1 gar nicht der Drahtzieher des Terrorakts war, sondern ein anderer, größerer, ein Feldherr mit weitreichenden Ambitionen, der den Feind Nr. 1 der Turmmenschen nur als Attrappe vorgeschoben hatte, um dem Gegner ein Angriffsziel vorzugaukeln, und der nun ungestört im Dunkeln operieren konnte, dann hätten die Turmleute einen nicht wiedergutzumachenden Fehler begangen. Sie hätten ihrem wahren Gegner einen Vorsprung eingeräumt, den dieser ganz gewißlich zu seinem Vorteil nutzen würde.

Das Ziel dieses lautlos agierenden Gegners war klar: Zerrüttung einer Gemeinschaft, die den Wüstenmenschen nahesteht und die große Bombe besitzt, Aufruhr und Terror darin, bis die Macht dort übernommen und das Gemeinschaftswesen in den direkten Gegner der Turmmenschen umgewandelt sein würde. Danach käme die Drohung, die große Bombe gegen jede Wüstengemeinschaft einzusetzen, die mit der Turmmacht zusammenarbeitete.

Dieser im Dunkeln agierende Feldherr war in keiner Weise als Wohltäter oder in irgendeiner Art moralisch zu bezeichnen. Es war ein Machtmensch, der, wie alle seine Artgenossen, einzig die Erringung von Macht im Auge hatte. In dieser Sicht unterschied er sich von den Machthabern der Turmmenschen in keiner Weise. Er würde für die Erreichung dieses Ziels alles tun, notfalls auch, wie man so sagt, über Leichen gehen.

Die Turmmenschen hätten also gut daran getan, Licht in das eigentliche Geschehnis zu bringen. Sie taten nichts dergleichen. Statt dessen nahmen sie eine Gemeinschaft ins Visier, welche schon seit es Menschen im Zaubergaten gab, den Angriffen fremder Heere getrotzt hatte und auch heute wieder sich nicht unterkriegen lassen würde. Noch jeder Angreifer hatte sich in den zerklüfteten Bergregionen zu Tode gesiegt, und es waren Heere darunter, deren Kampfmoral weit über der der Turmmenschen rangierte.

Über dem Gebiet der Bergmenschen kreisten die beiden Feuerdrachen, die den Zusammensturz der Doppeltürme bewirkt. Der-von-den-Flammen und Der-vom-Schwert. Der-von-den-Flammen sagte: "Mir scheint, unsere Vernichtung der Türme bildet einen rechten Starterkit für das neu zu schaffende Zeitalter." - "Ja", sagte Der-vom-Schwert, "Das Datum werden wir uns merken müssen".

Der-von-den-Flammen bemerkte es zuerst: "Sieh da, man reagiert! Die Turmmenschen ziehen ungeheure Truppenmengen und Kriegsgerät zusammen. Es scheint so, als wollten sie sich mit einem übermächtigen Gegner messen, dem sie nur mit Hilfe aller verfügbaren Kampfmittel entgegentreten können. Wer mag das sein?"

Der-vom-Schwert: "Du bist naiv. Um die Bergmenschen geht es. Nicht umsonst lassen sich die Türmler von allen Gemeinschaften bescheinigen, daß ihre Aktion, die sie Krieg nennen, gerechtfertigt und notwendig sei, um die Gemeinschaften im Zaubergarten vor entsprechenden weiteren Anschlägen zu schützen. Tatsächlich wollen sie nur die Gemeinschaften abschrecken, solche Anschläge zu unterstützen."

Der-von-den-Flammen: "Die Turmmenschen beginnen ihren Kreuzzug gegen das Böse mit einer Abriegelung des Gebiets der Bergmenschen. Die Bergmenschen waren doch schon mehrere Jahrzehnte in Kriege mit Eindringlingen verwickelt, zudem waren in den letzten drei Jahren Mißernten gewesen. Die Vorräte sind also erschöpft. Wie praktisch, wie praktisch. Man läßt die Bergbewohner einfach verhungern."

Der-vom-Schwert: "Eine Hürde ist allerdings noch zu nehmen. Das sind die Vorräte, die die Hilfsdienste für die Bevölkerung zur Verfügung haben, die müssen unbedingt vernichtet werden, um das Ziel der Ausmerzung der Bergmenschen zu erreichen. Macht sich aber besser als geplant. Bei den Luftangriffe auf das Gebiet der Bergmenschen ist es ein Leichtes, die vorhandenen Vorratslager zu bombardieren und in Flammen aufgehen zu lassen. Bravo!! Sieg Heil!!".

Der-von-den-Flammen: "Anschließend wird der Irrtum bedauert, in den Vorratslagern militärische Ziele fälschlich vermutet zu haben. So kann die große Tradition der Turmmenschen fortgeführt werden, die die Massentötung von Feinden, seien sie wehrhaft oder wehrlos, als das eigentliche Ziel militärischer Operationen ansieht."

Der-vom-Schwert: "Sieh da, die Bergmenschen fliehen in Scharen. Eine Völkerwanderung des Elends macht sich auf, die rettende Grenze zu einer der Nachbargemeinschaften zu erreichen und zu überschreiten. Barfuß, nur den Plunder mitsichführend, der den Ärmsten der Armen geblieben ist, machen sich die Elendskarawanen auf, die rettende andere Seite der Grenze zu gewinnen."

Der-von-den-Flammen: "Das wird ihnen nach Möglichkeit von den umliegenden Gemeinschaften verwehrt. Die offiziellen Grenzen sind geschlossen worden. So bleibt also nur die Flucht über die Berge hinweg. Ausgemergelt schleppen sich die Menschen die Bergpfade entlang, wobei der Tod immer in ihrer Nähe ist. Die Kinder trifft es am schnellsten. Wie sollen sie, entkräftet wie sie sind, die Strapazen lebend überstehen?"

Der-vom-Schwert: "Und auf der anderen Seite der Grenze erwartet sie nur wieder Hunger, Kälte, Tod. Oh Herr der Welten, laß mich nur einmal unter die Türmler fahren. In drei Stunden habe ich all ihr Kriegsgerät zu Haufen von Erz zusammengeschmolzen. Ich weiß, ich darf es nicht tun, doch die Tatenlosigkeit fällt schwer." So endete das Gespräch.

Leise regte sich Widerstand im Zaubergarten, nicht nur bei den Wüstenmenschen, sondern auch bei anderen. Wie konnten die Turmmenschen, neun von zehn waren dafür, eine ganze Gemeinschaft an den Rand des Todes bringen, weil eine kleine Schar möglicher Bösewichter Asyl bei dieser Gemeinschaft gefunden und dieses Asyl erst aufgekündigt werden sollte, wenn stichhaltige Beweise für die Beteiligung von Feind Nr. 1 durch die Turmmenschen vorgelegt wurden. Bisher standen diese Beweise aus. Gibt es ein Recht für irgendeine Gemeinschaft, eine andere mit Krieg zu überziehen, nur weil jene auf Einhaltung allgemeingültiger Normen der Gerichtsbarkeit besteht?

Die Turmmenschen und ihre Mithelfer versuchten, ihren Krieg gegen die Bergleute als notwendige Befreiungsaktion für die Bevölkerung darzustellen. Doch diese Aktion kam reichlich spät, denn das Unrecht gegen die Bergmenschen währte schon 30 Jahre. Jetzt bemerkte man es, jetzt sollten die Verhältnisse geändert werden. Und das in einer Weise, die die Hälfte der Bergmenschen zu Tode oder in Todesgefahr brachte.

Unwillen gab es nur bei der Normalbevölkerung des Zaubergartens. Die Machthaber hießen das Vorgehen der Turmgemeinschaft fast ausnahmslos gut, hielten den Krieg für notwendig. Sie zeigten damit eine Komplizenschaft zu den Turmmachthabern an, die nur deshalb bestand, weil die Turmgemeinschaft verkündete, wer in dieser Frage nicht mit ihr wäre, wäre gegen sie.

Außerdem gab es noch eine ganze Reihe von Gemeinschaften, die Probleme mit Minderheiten hatten. Jetzt, wo die mächtigste Gemeinschaft des Zaubergartens Terrorismus mit Kriegsmitteln bekämpfte, waren diese Gemeinschaften aus dem Schneider. Sie bezeichneten das Aufbegehren eigener Minderheiten ebenfalls als Terrorismus und machten das Recht für sich geltend, solche Minderheiten als Terroristen bezeichnen und rigoros bekämpfen zu dürfen.

Wenn die Zerstörung des Doppelturms der Turmgemeinschaft, die ja vom Herrn der Welten direkt anbefohlen und durch weitere Maßnahmen im Ablauf bestimmt wurde, das Ziel der unmittelbaren Veredelung und Vergeistigung der Turmmenschen, vielleicht sogar aller Menschen im Zaubergarten zum Ziel hatte, so war diese Absicht ganz gewiß nicht erfolgreich gewesen.

Das Gegenteil war geschehen. Statt auf die möglichen Ursachen eines so breit angelegten terroristischen Einsatzes zu sehen, brachte man die alten, immer sinnloser werdenden Mittel von Haß, Rache und hirnlos geübter Gewalt zum Einsatz. Man legte damit aber auch seine wahre Gesinnung offen dar. Denn die bisher geübte Ausbeutung, die Tod und

Verderben für die armen Gemeinschaften brachte, konnte man immer auf das Wirken anderer abtun.

Nun aber war der Wille zum Kampf gefordert, man mußte sich entscheiden: für Menschlichkeit oder gegen sie. Die übergroße Mehrheit der Turmmenschen entschied sich gegen die Menschlichkeit und damit gegen die eigene Zukunft. Denn nach dem Tod wird aufgerechnet und wer sich aus Ichsucht in so unmenschlicher Weise benimmt, für den stehen die Dinge in den geistigen Welten schlecht.

Die Terroristen, die die Flugapparate entführt und gegen die Türme gesteuert hatten, waren keine töricht agierenden Fanatiker. Es waren gebildete Leute. Sie wußten, was sie taten und waren bereit, für die von ihnen verfochtene Sache das Leben hinzugeben. Man nennt das einen Opfertod. Ein solches Opfer löscht viel von der durch eine solche Tat entstehenden Schuld.

Wie anders war da die Reaktion der Turmmenschen. Heimtückisch und feige aus der Luft führten sie ihre Schläge, voll Sicherheit, daß keinem von Ihnen Gefahr von Seiten des Gegners drohte. Bedenkenlos wurden vermeindliche Kriegsgegner und unvermeidlich ins Geschehen eingeflochtene Zivilisten in gleicher Weise bombardiert. Die Gemeinschaft Gnadenlos, wie sie sich hätte nennen sollen, kannte keinen Unterschied.

Und als die Bergmenschen schließlich niedergeworfen waren, nahm man ihre Führer gefangen und übte bestialische Rache an ihnen. Denn Rache, das war das Metier der Türmler. Wie kann man sich an einzelnen Menschen rächen, die nur noch ihr Leben haben? Man foltert sie. Das war Gerechtigkeit so, wie man sie unter Türmlern verstand.

Wenn die vom Herrn der Welten inspirierte Zerstörung der Doppeltürme überhaupt einen Sinn offenbarte, dann diesen: die Gemeinschaften des Zaubergartens waren in einer Weise von der Turmgemeinschaft abhängig, die schon als beängstigend zu bezeichnen war. Denn die Gemeinschaften stimmten dem rabiaten Vorgehen der Türmler ohne Widerspruch zu. Sie bescheinigten den Turmmenschen ohne Wenn und Aber, daß ihre Attacke gegen die Berggemeinschaft und die Behandlung der Gefangenen rechtens wäre.

Rechtens war dieser Krieg und die anschließende Folteraktion nun gewiß nicht. Wie konnte es geschehen, daß sich alle maßgeblichen Gemeinschaften die Zustimmung zu dem verbrecherischen Vorhaben abhandeln ließen? Die Antwort kann nur lauten: aus dem Zwang der Verhältnisse heraus. Sie scheuten es, sich durch ein Veto schwerwiegende Nachteile einzuhandeln.

Offenbar griff das Gemeinwesen der Turmmenschen wie eine riesenhafte Krake in die Verflechtungen der Gemeinschaften hinein und manipulierte sie. Diesem tausendarmigen Polypen gegenüber gab es kein Entrinnen. Die Gemeinschaft, die nicht mittat, wurde von der Versorgung wichtiger Güter ausgeschlossen.

Diese Praxis, die das absurde Gefälle von Reich zu Arm im Zaubergarten zementierte, war der eigentliche Grund für den Anschlag auf den Doppelturm. Die Märtyrer des Anschlags wollten genau diesen Mißstand, der jährlich Millionen Menschenleben durch Hunger dahinraffte, zunächst offenbar machen und dann durch die Gemeinschaft der Gemeinschaften beseitigen lassen. Das erstere war ihnen gelungen. Das zweite war in die Hände des Herrn der Welten gelegt.

Der Zeitensprung

Der Magus hatte sich verändert, langsam, doch unaufhaltsam. Viele bemerkten es erst, als es nicht mehr zu übersehen war. Er schien blasser zu sein, heller, schmaler. Seine Körperlichkeit war nicht mehr so fest gefügt, wie bisher, obwohl man nicht sagen konnte, woran das lag. Manchmal glaubte man, einen Gegenstand, der hinter ihm war, durch seinen Körper hindurch durchscheinen zu sehen.

Dann sein Gewicht. Er schien in irgendeiner Weise leichter geworden zu sein, auch wenn sein Fußabdruck im Schlamm durchaus das Gegenteil bewies. Offenbar war der Gewichtsverlust nur zeitweilig, ja, er schien an gewisse Bedingungen geknüpft, die man jedoch lange Zeit nicht als solche fassen konnte. Trat dieser Zustand ein, und wehte zufälligerweise ein starker Wind, so konnte es vorkommen, daß der Magus geradezu zur Seite geweht wurde.

Als sich der Zustand, wenn man so sagen darf, verschlimmerte, trat in den Zeiten des Gewichtsverlusts eine Bewegung des ganzen Körpers aufwärts auf. Der Meister schien zunächst auf- und abzuhüpfen, obwohl keine entsprechende Beinbewegung bei ihm festgestellt werden konnte, das Auf- und Abpendeln verstärkte sich, ging über in ein Schweben, zunächst in konstanter Höhe, dann aber aufwärtsschwebend, bis er in mehreren Metern Höhe schwebend stehen blieb. Manchmal mußte man ihm ein Seil zuwerfen, um ihn wieder auf den Boden hinabzuziehen.

Endlich erkannte der Magus, daß das Schweben von bestimmten Gedanken, die er hatte, ausgelöst wurde. Es waren Hinwendungen an den Herrn der Welten oder die geistige Welt, die das Schweben hervorriefen. Je intensiver solche Gedanken des Magiers waren, desto stärker war das Aufwärtsschweben. Manchmal waren ganze Perioden dadurch gekennzeichnet, daß sein Körper hinaufstrebte. Er hielt sich dann an irgendwelchen schweren Gegenständen fest. Doch auch das half nicht viel.

Was er anfaßte, wurde langsam leichter und konnte keinen Anker für ihn mehr bilden.

Im übrigen war sein Körper fast durchsichtig geworden. Oft wußte man nicht, ob es sich um einen Menschen, oder um eine Art Gespenst handele. Sprach man dann mit ihm über konkrete Dinge, verfestigte sich sein Körper so weit, daß die Züge seines Gesichts und seiner Gestalt wieder physisch hervortraten.

An einem Frühlingstag bemerkte er, daß er ohne ersichtlichen Grund begann, aufwärtszuschweben. "Was geschieht jetzt?", fragte er sich, "Ich habe an nichts gedacht, nicht an Heiliges, nicht an den Herrn der Welten, eigentlich an gar nichts." Da spürte er, daß ein weiterer Traum des geistigen Bereichs sich ankündigte. "Also das war es", sagte er zu sich. Diesmal allerdings schien sich eine Änderung im Ablauf des Traumgeschehens anzubahnen.

Der Magus empfing die Mitteilung, daß ein Gemeinschaftstraum stattfinden solle. Vorab aufgetragen wäre ihm, die bereits zur Geistigkeit gelangten Wesen des Zaubergartens um sich zu versammeln, um dann gemeinsam den Traum des Herrn der Welten träumen zu können. Auch die Tiere, obwohl geistig natürlich noch unvollkommen, sollten am Traumgeschehen teilhaben, da das ganze auch sie beträfe. Als der Magus wieder klar bei Bewußtsein war, rief er ihm geeignet erscheinende Geister, die die Einladung zum Gemeinschaftstraum übermitteln sollten.

Da kamen sie denn. Zunächst die Elfen, Nixen und Kobolde, Drachen, Riesen und Wichte. Alles das, was den Garten des Magiers zum Zaubergarten werden ließ, war nun versammelt. Dann kamen die Vertreter der Tiere. Hasen, Igel, Rehe - ach alles, was in der Freiheit der Natur sein Dasein hat - auch Tiger, Löwen, Elefanten. Zum Schluß erschienen die Vertreter der menschlichen Gemeinschaften. Doch es waren nur diejenigen zugelassen, die schon einen gewissen Grad der Geistigkeit erreicht hatten. Es waren aber alle Gemeinschaften vertreten, auch die Turm- und die Bergmenschen.

Der Magus trat als letzter unter sie und erklärte ihnen die Situation. Er bedeutete ihnen, daß er ein Fluidum über ihnen ausgießen wolle, welches sie alle in eine Art Trance versetzen würde. Wer das nicht wolle, müsse nun gehen, es wäre aber keine Gefahr vorhanden. Wie geahnt verließ nicht einer der Versammelten die Stätte. Die Zeremonie zum Erreichen des Gemeinschaftstraums begann.

Der Magus nahm einen Kelch, mit einer rauchenden Flüssigkeit gefüllt, zur Hand, sprach einige Worte magischer Art darüber und goß den Inhalt des Kelches in den Raum hinein. Die Flüssigkeit floß jetzt nicht etwa zu Boden, sondern aufwärts, teilte sich in verschiedene Bahnen auf, weiter in ein Netz von feinen und feinsten Rinnsalen und Tropfen, die sich immer weiter verstäubend, zu den einzelnen Teilnehmern des Gemeinschaftstraums hinwogten und sie umspülten.

Nach kurzer Zeit begann die versprühte Droge zu wirken. Die äußeren Sinne der Anwesenden schlossen sich und machten Platz für das Entstehen des Traumgebildes. Es erschien scheinbar der, der sich angekündigt hatte. Anders als bisher zum Magus sprach er nicht als Herr der Welten, sondern als dessen Diener oder Stellvertreter. Doch sollte das, was gesagt würde, ganz im Sinne des Herrn der Welten gesagt sein.

Er sprach folgendes: "Der Herr aller Welten beschloß schon vor Tausenden von Jahren, daß zu einer Zeit, in der die Ichhaftigkeit und der Materialismus der Menschen den Gipfel ihrer Ausbreitung erreicht, eine große Umwandlung zum Geistigen hin zu erfolgen hat. Diese Änderung der Grundbeschaffenheit des Realen betrifft die Menschen des Zaubergartens in besonderem Maße. Im Zaubergarten sammeln sich die Kräfte der Planeten des Sonnensystems und derer darüber hinaus. Nun wird offenbar werden, daß Realität nur durch magisch wirkende Kräfte am Zerfließen gehindert wird.

Der Herr der Welten beschloß, die geplante Vergeistigung der Menschen jetzt zu vollziehen. Noch diese Generation ist als Zeitrahmen für die Verwirklichung gesetzt. Eine Rücknahme oder auch nur eine

Verzögerung der damit verbundenen Ereignisse ist ganz unmöglich. Das, was geschehen soll ist so, als wär es auf Zelluloid gebannt und bedürfe zur realen Manifestation nur des Abspulens in einem Projektor. Wer hier Änderungen erwirken wollte, stünde auf verlorenem Posten.

Doch es ist nicht alles fixiert. Fest bestimmt ist das Ergebnis der Vergeistigung, festgelegt auch, daß dies in wenigen Jahren zu geschehen hat. Was noch verändert werden kann, sind die Umstände, in denen die Umwandlung erfolgt. Da spielt die innere Beschaffenheit der Menschen des Zaubergartens eine entscheidende Rolle. Verharren sie weiter auf dem Stand ihrer Lieblosigkeit und Bosheit, wird der Prozeß sehr schmerzhaft und grausam ausfallen.

Der Herr der Welten hat den Menschen des Zaubergartens die Zerstörung der Doppeltürme gebracht. Es sollte dies die letzte Mahnung sein, die Nichtigkeit weil Zerstörbarkeit menschlicher Errungenschaften anzuerkennen und sich nun nicht mehr, wie bisher, der Anhäufung von Materie auszuliefern. Diese Mahnung war umsonst geschehen, die rechten Schlüsse daraus sind nicht gezogen worden. Im Gegenteil wurden nur die alten Methoden von Haß und Rache aufgewärmt. Das läßt für die nahe Zukunft der Menschen des Zaubergartens nichts Gutes erahnen.

Zu Kriegen und politischen Umwälzungen werden Seuchen, Hungersnöte und kosmische Katastrophen hinzukommen. Da letztlich alles das vom Herrn aller Welten veranlaßt ist könnte es scheinen, als wäre der höchste Geist an keine ethischen Gesetze gebunden. Doch zu allererst ist der Herrr der Welten aufgerufen, das Ganze zu bewahren und ins Geistige fortzuentwickeln. Erst wenn das gewährleistet ist, kann an ein Allerbarmen für den Einzelnen gedacht werden.

Im übrigen: alles was den Menschen geschieht, ist Folge ihrer früheren Taten. Nur eine Sinneswandlung zu liebender Weltsicht kann von diesen Folgen befreien. Wer also ein Allerbarmen vom Herrn der Welten erwartet, sollte bedenken, daß Gnade nur auf der Grundlage von Einsicht und Reue der Menschen erfolgen kann. Die aber ist nirgends zu sehen.

46

Nicht bei den Turmmenschen, den Bergmenschen - mehrheitlich bei keiner der Gemeinschaften.

Die Welt des Zaubergartens vollführt in naher Zukunft einen geistigen Sprung. Es wird nichts mehr so sein, wie es bisher einmal war. Die Lieblosigkeit wird durch eine liebende Teilnahme abgelöst, das Gegeneinander durch ein Miteinander und ein Füreinander aufgehoben. Wer dieser Entwicklung nicht zu folgen vermag, der ist im Zaubergarten neuer Prägung nicht mehr gelitten.

Hart ausgedrückt bedeutet dies: Es erfolgt der Ausschluß unvergeistigter Menschen aus dem Bereich des Zaubergartens. Als Folge für unvergeistigte Menschen ergibt sich deren Verbannung in die rauhe Einöde des Nirgendwo. Was sie bisher an Bosheit und Niedertracht, an Selbstbereicherung und Duldung von Greultaten getrieben - hier im Zaubergarten ist dies von nun an nicht mehr möglich. Schluß, Aus, Ende.

Das Innere des Menschen ist durch die Einübung in Verhaltensweisen geprägt, die über viele Leben vonstatten gingen. Jeder dieser selbstgestaltenden Schritte war auch selbst gewählt, bedurfte der freien Entscheidung des Einzelnen. Wer in vielen Leben stets Negatives eingeübt, darf sich nicht wundern, wenn ihm die Umwendung zur geforderten Geistigkeit nicht auf Anhieb gelingt.

Doch wenn er in sich den Willen erzeugt, von nun an sich nur zur Mitmenschlichkeit hin zu verändern, ist das Ärgste überstanden. Dann können die Helfenden Geister ihr Tun entfalten, dann ist Hoffnung für den scheinbar Hoffnungslosen gegeben. Zwar liegt noch ein weiter Weg vor ihm, denn alles, was er an Negativem in sich angehäuft, muß in irgendeiner Weise neutralisiert werden. Doch ein Anfang ist gemacht.

Der Herr der Welten ist bereit, jedem, der den negativen Weg beenden will, mit Hilfe und Gnade beizuspringen. Es ist der ernste Entschluß vonnöten, von nun an nicht mehr gegen andere, sondern für andere zu leben. Nicht mehr Ausbeutung von Natur und Mensch, sondern Opfer-bereitschaft und Hilfeleistung muß das neue Ziel sein.".

Der Magus erwachte kurz aus der Trance und fragte: "Was geschieht mit dem Zaubergarten, ist er zum Untergang bestimmt?" Nachdem er wieder ins Traumgeschehen gesunken, kam die Antwort:

"Der Herr der Welten wünscht noch folgendes kundzutun: Die Auf-nahme der Menschen in den Zaubergarten geschah wohlüberlegt. Menschen spielen im Heilsgefüge eine große Rolle. Deshalb ließ man den Menschen im Zaubergarten auch Freiheiten der Selbstsucht über das Maß. Diese Zeit geht nun zu Ende.

Die Harmonie, die früher im Zaubergarten bestand, ist gestört. Es ist der Wille des Herrn der Welten, diese Harmonie wieder auferstehen zu las-sen. Es ist Bestimmung dieses Gartens, allen Bewohnern gleiches Recht auf Entfaltung zu gewähren. Er ist dazu angelegt, die Entwicklung der Bewohner mit magischen Mitteln zu unterstützen.

Es ist ein Garten, der nicht aus eigener Kraft bestehen kann. Wenn man so will, ist es eine Welt des Scheins. Alles, ob Stein, Pflanze oder Tier wird durch künstliche Mittel aufrechterhalten. Jeder Baum, jeder Strauch wird von zauberischen Wesen umhegt. Auch Tiere und Menschen werden magisch umsorgt - nur die Menschen merken nichts von alledem. Sie sind befangen in ihrer Ichhaftigkeit und nehmen alles für selbstverständlich.

Aber es ist auch ein Garten der Prüfungen. Der Welten gibt es ungeheuer viele. Der Herr der Welten hat den Zaubergarten ausersehen, den Seelen, die Mengen Bosheit und Gift in sich tragen, den Sprung in lichtere Welten zu ermöglichen. Aber es bleibt auch das Risiko für die Seelen, daß ihre Handlungen dort sie in künftiger Zeit in noch dunklere, grausa-mere Gefilde bannen. Jeder ist hier seines eigenen Glückes Schmied!

Der Herr der Welten drückt dem Zaubergarten, so wie er heute besteht, in einer Weise seinen Willen auf, wie er es kaum noch mit anderen

Welten tut. Denn der Zaubergarten ist eine große Besserungsanstalt für irregeleitete Seelen. Hier sollen sie sich bewähren, hier sind sie aufgerufen sich zu erklären, ob sie fortan in höheren oder tieferen Welten existieren werden.

Hier im Zaubergarten bestimmt der Herr der Welten fast alles, was geschieht. Wer ein Verbrechen begeht, ist zunächst Werkzeug des Herrn. Bekämpfe ich also den Menschen als vermeindlichen Verursacher meiner Pein, so kämpfe ich doch gegen den Herrn der Welten. Ich zeige an, daß ich mit dem Schicksal, welches der Herr mir aus gutem Grund auferlegt, nicht einverstanden bin, tue darüber hinaus einem anderen Böses an, nur weil ich das Böse an sich bekämpfen will.

Will ich das Böse wirklich und nachhaltig bekämpfen, sollte ich mich jedoch zunächst um die eigene Person verdient machen. Hier vor allem liegt doch der Kern der Bosheit versteckt. Wird hier kein Fortschritt erzielt, was nützt da Gerechtigkeit, die man gegenüber wirklichen oder vermeindlichen Sündern zu erreichen glaubt. Das hieße, dem Herrn ins Handwerk pfuschen!

Daß der Herr der Welten alle Geschicke im Zaubergarten bestimmt, bedeutet nun keinesfalls, daß Täter, die gemäß seinem Auftrag Handlungen negativer Art vollbringen, frei wären von Schuld. In jedem möglichen Täter steckt zunächst Wunsch und Bereitschaft, böse Taten zu tun. Der Herr der Welten dirigiert den negativ gepolten hin zu einem Punkt, wo er seiner schlechten Sucht nachzukommen vermag. Der Täter hat die nun von ihm verübte Tat voll und ganz selbst zu verantworten.

Nach dem Zeitensprung wird sich dies in grundsätzlicher Weise ändern. Ist die menschliche Art im Zaubergarten von liebender Art geprägt, wird der Herr der Welten ihnen weit größere Freiheiten lassen, als bisher. Es wird keine Hungernden, oder gar Verhungernden mehr geben. Aber auch keine Reichen, die Güter vergeuden über das Maß und keine Mächtigen, die ihre Macht verantwortungslos mißbrauchen. Diese ewig Gestrigen werden den Zaubergarten rechtzeitig und für immer verlassen.

Das ist der Wille des Herrn der Welten. Unabänderlich. So wird es geschehen!".

Damit endete der Traum, der ein gemeinschaftlicher gewesen war. Die Benommenheit der Teilnehmer wich und machte einer allgemeinen Beklommenheit Platz. Was kam hier auf den Zaubergarten und seine Bewohner zu? Wenn die Zerstörung des Doppelturms als Warnung vor größeren Eingriffen des Herrn der Welten verstanden sein sollte, damit zur Bagatelle herabgewürdigt wurde, was würde den Menschen nun an schwerem Schicksal statt dessen geschehen?

Langsam zerstreute sich die Versammlung. Jeder kehrte an den Ort zurück, woher er kam. Die Menschen nachdenklich und verunsichert, die Geister so, wie sie es schon immer waren, der Tatsache eingedenk, daß ihr Wirken notwendiger Weise den Wunsch des Menschen voraussetze, sich helfen zu lassen. Sie sahen sich daher in ihrer Rolle des Wartenden und Erwartenden bestätigt.

Was soll ich über die nun folgenden Ereignisse Auskunft geben, die den Zeitensprung vorbereiteten, begleiteten, zu einem guten oder weniger guten Ende führten. Ich will und kann es nicht. Ich will es nicht, weil ich kein Endresultat präsentieren möchte, das als Vorwand für eine Verweigerung von Vergeistigungsbemühungen herhalten könnte. Ich kann es nicht, weil niemand, außer dem Herrn der Welten, so etwas vermöchte.

Ich will aber berichten von der Zeit danach. Also von dem, was sich im Zaubergarten nach dem Zeitensprung ergab. Denn das ist es wert, berichtet zu werden.

Es war, als wäre den Menschen ein Schleier von den Augen gezogen. Da saßen ein Turm- und ein Bergmensch beieinander und unterhielten sich in einer neuen Sprache. Diese war nicht aus neuen Worten gebildet, es war Gedankenübertragung, die dahintersteckte.

Sie sprachen miteinander, als hätte es nie einen Zwist zwischen ihren Gemeinschaften gegeben. Die Gründe für den damaligen Kampf waren ihnen unverständlich geworden. Mit solcherlei Torheiten und deren sogenannter politischer Aufarbeitung befaßten sie sich nicht. Die gegenseitige Unterstützung bei der Umwandlung zur liebenden Weltsicht war ihnen weit wichtiger.

Anderen Gemeinschaften frühere Vergehen oder Verbrechen vorrechnen und vorwerfen zu wollen, erschien ihnen ohnehin als Versuch, von den eigenen Fehlern, Vergehen oder Verbrechen ablenken zu wollen. Man sollte sich an die eigene Nase fassen, fanden sie, da fände man genug, was zu bereinigen und aufzuarbeiten sei. Durch Anprangern früherer Verbrechen anderer Vorteile für sich heute ziehen zu wollen, empfand man geradezu als Verbrechen, und bekämpfte ein solches Gelüst in sich auf das Schärfste.

Der Magus war nun ganz durchsichtig und schwerelos geworden. Dazu benötigte er auch keine gedankliche Hinwendung zum Herrn der Welten mehr. Es war Dauerzustand bei ihm. Doch er wurde nicht mehr willenlos in die Höhe getrieben. So, wie es sein Wunsch war, bewegte sich nun der Körper, ließ sich per Gedankenkraft dirigieren, hierhin, dahin, auch in die Ferne. Wenn der Magus es wollte, ließ sich sein Körper in Blitzesschnelle zu jedem Punkt des Zaubergartens hinbewegen.

Diese Leichtbeweglichkeit war nun auch seinen Hilfsgeistern zuteil. Wurde eine Fee von einem Menschen als Beistand gebraucht, etwa, wenn Kranke Heilkräuter benötigten, so war es ihr ein Leichtes, in kürzester Zeit bei dem Menschen zu sein und ihm aus seinen Schwierigkeiten herauszuhelfen.

Oder man brauchte einen Riesen mit viel Kraft, um einen Baum zu verpflanzen, schon kam ein Riese dahergesegelt und verübte das Werk. Denn von nun an wurden Bäume nur noch gefällt, wenn sie fast abgestorben waren. Man sagte sich, Bäume wären Lebewesen wie Mensch und Tier, sein Leben also zu achten.

52

Im übrigen begriff man, daß all die Eigenschaften, die man der Materie und dem Leben angedichtet, keine unbedingte Gültigkeit hatten. Man mußte den Leib nicht durch Essen und Trinken erhalten. Man konnte es, war aber nicht dazu gezwungen. Es ging auch ohne. Schon der Gedanke, Nahrung zu sich zu nehmen, genügte. Das wäre den Menschen vor dem Zeitensprung absurd vorgekommen.

Und wenn der Magus wie früher vor seiner kleinen Hütte saß und den Abend genoß, dann tanzten die Elfen wieder im Kreis auf der Wiese und die Nixen im nahen Teich stiegen auf und nieder. Und die Rüpel versuchten ein weiteres Mal, die Gesellschaft zu stören, wurden aber mit Faulschlick beworfen und auf einen knorrigen Ast verbannt. Dort saßen sie dann frierend und sahen mißgelaunt dem Treiben der Elfen und Nixen zu. So hatte alles wieder seine rechte Ordnung.

Und damit hat das Märchen zu guter Letzt doch noch ein ganz und gar erfreuliches

Ende.

Der kleine und der große Klaus

Der Anfang der Geschichte

In einem Dorf wohnten zwei Männer, die beide denselben Namen hatten. Alle beide hießen Klaus, aber der eine besaß viele Rinder, Pferde, Knechte, überhaupt alles, was zu einem großen Bauernhof dazugehörte und der andere weniges davon. Um sie nun voneinander unterscheiden zu können, nannte man den, der viele Rinder, Pferde und anderes besaß, den großen Klaus, und den, der nur weniges davon besaß, den kleinen Klaus. Nun wollen wir hören, wie es den beiden erging, denn es ist eine wahre Geschichte.

Das Dorf bestand schon sehr lange. Die Häuser waren zwar nicht mehr dieselben, die sie einstens waren. Das war aber nur natürlich, denn was hält schon in unserer Welt ewig. Manchmal durch Blitzschlag waren die Häuser in Flammen aufgegangen, manchmal dadurch, daß die lieben Nachbarn die Häuser angesteckt hatten. In dem Dorf gab es öfter großen Unfrieden. Und wenn man sich gar zu sehr in den Haaren lag, wurde schon mal gezündelt und gebrandschatzt. Man fand das eigentlich ganz natürlich und machte kein Aufhebens davon.

Eine große Zahl von Familien war schon lange dort ansässig. Es gab zwar Veränderungen in der Zahl der Felder, die sie in ihrem Besitz hatten, auch waren die Abhängigkeiten dieser Dorfbewohner untereinander einem Wechsel unterworfen. Das alles hielt sich aber in den Grenzen, die man sich durch lange Gewohnheit selbst gezogen hatte. Ich will nicht sagen, daß die Bewohner des Dorfes rundum zufrieden mit ihrem Schicksal waren. Doch sie lebten dort und mußten sich in die dortigen Verhältnisse fügen. Was blieb ihnen auch anderes übrig.

Die besitzenden Familien machten natürlich nicht die ganze Bevölkerung des Dorfes aus. Daneben gab es noch die Einödbauern, die ihrem Boden nur das Nötigste abringen konnten, dann die Tagelöhner und Habenichtse, also die, die nur eine windschiefe Hütte und sonst nichts oder nicht einmal das ihr Eigen nannten.

Daneben auch solche, die nur herumlungerten und auch lebten. Diese wohnten in einer Ecke des Dorfes außen am Waldrand. Das alles waren die Bewohner, die schon immer im Dorf gehaust hatten. Man kannte sich, die Eltern kannten sich und die Großeltern kannten sich auch und lebten miteinander oder gegeneinander.

Dann gab es ab und an fahrendes Volk, welches in Wagen und Zelten nächtigte und seine Gaukeleien und akrobatischen Künste zur Schau stellte.

Und es gab eine Familie, die man als Neuankömmlinge in der Dorf-gemeinschaft empfand, obwohl sie so neu im Dorf nun auch wieder nicht war. Aber sie siedelte auf einem Teil des Dorfes, den man als Neu-Teil zu bezeichnen pflegte und dieser lag jenseits des großen Teichs, der mitten im Dorf lag und das Dorf quasi halbierte. Die Familie, um die es sich handelte, war die von unserem großen Klaus.

Der Neu-Teil war in früheren Zeiten das Gebiet der Waldläufer und Jäger gewesen. Das war aber schon längst vorbei. Systematisch hatten die Vorfahren des großen Klaus die ursprünglich dort Ansässigen aus dem Gebiet verdrängt. Hinter der Hand sprach man davon, daß die Waldläufer von den Klausianern einfach beseitigt worden wären.

Als die Alteingesessenen Ansprüche auf den Neu-Teil erhoben, gab es einen Kampf, nach dessen Ende sich die Alteingesessenen mit blutenden Wunden auf ihre Höfe zurückzogen. Die Sache war entschieden. Der große Klaus und seine Familie blieben dort wo sie waren und damit mußte man sich abfinden.

In den frühen Zeiten änderte sich im alten Teil des Dorfes wenig. Man pflegte das, was man schon immer getan. Es gab Auseinandersetzungen, die zu einer Änderung der Besitzverhältnisse führte, aber nicht zu grob oder gar so, daß einer der Bauern sein ganzes Hab und Gut verloren hätte. Eigentlich war man immer bestrebt, die bestehende Ordnung weiter bestehen zu lassen. Das kam daher, weil man insgesamt versuchte, eine Harmonie in der Dorfgemeinschaft aufrecht zu erhalten, auch wenn im Einzelfall die Funken zwischen Kontrahenten sprühten.

Die Dinge änderten sich erst, als man lernte, den Ertrag der Feld- und Viehwirtschaft zu steigern. War bisher die Zahl der Dorfbewohner mehr oder weniger konstant geblieben, so wuchs die Bevölkerung jetzt plötzlich.

Es waren keine Familien mehr, die auf den Höfen lebten, sondern ganze Sippen. Da die Bevölkerung aber stärker wuchs, als der Ertrag von Feld und Vieh, ergab sich nach einiger Zeit die Notwendigkeit, das einem Gehöft zur Verfügung stehende Land zu erweitern.

Das war leichter gesagt als getan. Nur in den Randbereichen, die zum Dorf gehörten, gab es noch Ödflächen, die neu bewirtschaftet werden konnten. Und jenseits des großen Teichs. Den aber belegten die Leute des großen Klaus mit Beschlag.

Die Alteingesessenen des Dorfes mußten dagegen versuchen, die Besitzer von Ödflächen sich in irgendeiner Weise gefügig zu machen. Das gelang den verschiedenen Sippen unterschiedlich gut. Die Sippe des kleinen Klaus hatte damit wenig Glück. Vielleicht war sie zu kooperativ mit denen, die die Ödflächen besaßen. Das ist dem Ertrag natürlich nicht zuträglich, den man dort erzielen kann.

Der kleine Klaus sagte immer: "Wenn man schon andere für sich arbeiten läßt, sollten sie wenigstens etwas davon haben". Nun kann man andere dauerhaft nur für sich arbeiten lassen, wenn man sie um den Erfolg ihrer Arbeit prellt. Das wollte der kleine Klaus aber niemanden antun. Er wollte angemessen für die Dienste bezahlen.

Wie sollte das aber gehen? Der kleine Klaus vertraute auf seine Erfindungsgabe, die es ihm ermöglichen würde, sowohl seine als auch die der Ödbauern Bedürfnisse zu befriedigen. Er stellte seine neu erdachten Methoden jenen zur Verfügung, dafür wurde er von ihnen mit den dort erzeugten Gütern versorgt.

Die anderen Sippen hatten da andere Vorstellungen. Sie holten, was zu holen war und kümmerten sich in keiner Weise, wie die Besitzer der Ödflächen zurecht kamen. Man war sich im alten Teil des Dorfes einig, daß die Ödflächenbesitzer Menschen wären, die erst einmal das Menschsein lernen müßten, bevor sie Ansprüche zu stellen hätten.

Eine Sippe berührte das ganze noch nicht. Das waren der große Klaus und seine Schar. "Was soll ich in der Ferne suchen", war seine Devise, "liegt das Gute doch so nah!". Damit meinte der große Klaus, daß es noch Ödflächen in Hülle und Fülle auf seinem Gebiet gab, die man beackern konnte. Was sollte er sich in die Belange der alteingesessenen Bauern einmischen.

Der Dorfzwist

Es ist eigentümlich, daß die Menschen zu bestimmten Zeiten geneigt sind, all das, was sie in jahrelanger Arbeit geschaffen haben, in einem aufbegehrenden Akt der Feindseligkeit aufs Spiel zu setzen. Es ist so, als hätte sie ein Bazillus der übersteigerten Habsucht gepackt und zwänge sie, den Nachbarn als jemanden zu sehen, der nur zu dem Zweck geschaffen wäre, überfallen, ausgeraubt und notfalls umgebracht zu werden.

Da zu dieser Zeit eigentlich alle diesem Wahn verfallen sind, ist es ganz unmöglich, den eigentlich Schuldigen der nun einsetzenden bösen Entwicklung auszumachen. Jede Seite steigert sich in einen Rausch von Haß, Überheblichkeit und Rechthaberei hinein, so daß eine klare Beurteilung der Lage fast unmöglich gemacht wird.

So geschah es auch in dem Dorf, in welchem der große und der kleine Klaus lebten. Plötzlich war eine Unzufriedenheit im Dorfe spürbar, deren Ursprung zwar in bestimmten früheren Geschehnissen aufgespürt werden konnten, deren Einfluß aber in keiner Weise ausreichte, um zu sagen: ja, jetzt ist das Maß voll, jetzt müssen die Menschen handeln.

Sie hätten nicht handeln müssen - sie handelten trotzdem. Es genügte ein Nadelstich der Provokation und alles fiel über einander her. Daß dies den Tod eines Sohns einer eigentlich unwesentlichen Familie betraf, war in den Augen des kleinen Klaus und derer, die mit ihm waren, unwichtig. Er fühlte sich angegriffen, war auch durch gegenseitiges Hilfegelöbnis an die geschädigte Familie gebunden.

So geschah das Unsinnige, daß die Familien aufeinander losgingen, die Felder verwüsteten und die Höfe niederrissen. Viele Bewohner des Dorfes verloren ihre Gesundheit oder gar das Leben. Es war wie ein böser Traum, der die Dorfbewohner erfaßt hatte. Keiner oder fast keiner konnte sich dem bösen Geschehnis entziehen.

Vielleicht war es eine Art inneres Gift, welches da zum Vorschein kam und nun groteske Formen der Handlungen bei den Menschen hervorrief. Hätten sie sich sehen können, ich meine objektiv von weit weg, so hätten sie sich und ihre Gegner als eine Rotte wilder Tiere empfunden, die einmal zum Kampf aufgestachelt, nur durch die eigene oder gegnerische Niederlage zum Ende des Kampfes zu bringen waren.

Der Kampf wogte hin und her und schließlich war es der kleine Klaus, den man gebunden daherschleppte und ihm die Bedingungen seines künftigen Daseins diktierte. Das bedeutete, daß dem kleinen Klaus viele seiner bisherigen Felder fortgenommen wurden. Das war für ihn und seine Familie ein herber Schlag.

Im übrigen waren alle am Zwist beteiligten mehr oder weniger stark lädiert. Nur der große Klaus war aus dem Zwist gestärkt und bereichert herausgekommen. Er hatte sich zwar gegen den kleinen Klaus gestellt, hatte es aber verstanden, sich und seine Sippe aus dem eigentlichen Kampf herauszuhalten. Wenn er kämpfte, dann auf fremdem Boden. Sein eigenes Heim wurde niemals vom kleinen Klaus bedroht.

Wie sollte das auch gehen, lagen das Anwesen und die Felder des großen Klaus doch jenseits des großen Teichs und damit für den kleinen Klaus und seine Mitstreiter unerreichbar. Dafür sorgte schon der Umstand, daß dem kleinen Klaus keine Boote zur Verfügung standen, um das jenseitige Ufer des großen Teichs zu erreichen.

Die Einmischung in den Kampf war für den großen Klaus also ganz ungefährlich gewesen, dafür aber sehr einträglich. Besonders was Einfluß und Ansehen betraf, hätte es sich für den großen Klaus nicht besser fügen können. Er war der eigentliche Sieger des Zwists, denn er allein hatte keine Verluste erlitten.

Während die Altbauern des Dorfes sich um die Instandsetzung ihrer Höfe und Felder kümmern mußten, konnte der große Klaus sich der Dinge widmen, die ihn zum reichsten Bauern des Dorfes machen sollten.

Das Wichtigste war, die Vorstellung, die er vom alten Teil des Dorfes bisher hatte, rigoros zu ändern.

Bisher waren diejenigen, die man ohne Rücksicht für seine Belange einspannen konnte, die Ödbauern gewesen. Das würde sich auch für den großen Klaus nicht ändern. Aber es sollten andere zu dieser Gruppe hinzukommen, und das sollten die Altbauern selbst sein. Der große Klaus sagte sich sehr richtig, daß bei den Altbauern viel mehr zu holen wäre, als bei den Ödbauern. Man mußte es nur in der richtigen Weise in die Wege leiten.

Noch war der Boden nicht bereitet, man mußte vorsichtig sein. Aber bei dem kleinen Klaus konnte man schon mal anfangen. Vielleicht ließ er sich ja zu einem neuerlichen Aufstand provozieren. Das würde die Chance bieten, die Altbauern insgesamt so in ihren Möglichkeiten zu schwächen, daß sie von irgendeinem Zeitpunkt an den Einfluß auf die Ödbauern ganz dem großen Klaus überlassen müßten.

Das, was der große Klaus mit dem kleinen Klaus vorhatte, gelang vollkommen. Nach einiger Zeit standen fast alle Mitglieder der Familie des kleinen Klaus bei dem großen Klaus in der Kreide. Man konnte sagen, daß dem großen Klaus fast alles de facto gehörte, was sich dem äußeren Schein nach im Besitz des kleinen Klaus befand.

Die Familie des kleinen Klaus war darüber nicht erbaut, sie fühlte sich betrogen und ausgesogen, denn natürlich waren die Leihgaben nicht umsonst. Man mußte dafür zahlen, manövrierte sich damit noch tiefer in den Sumpf des langsamen Wohlstandszerfalls hinein und es war abzusehen, wann man sein ganzes Hab und Gut so auf heimliche Weise verloren haben würde.

Eine Stimmung machte sich breit, die im höchsten Maße explosiv zu nennen war. In diesem Stadium der Aufsässigkeit und Wut schwemmte das Schicksal einen Menschen ins Haus des kleinen Klaus hinein, welcher, so schien es jedenfalls, ganz und gar vom Teufel besessen war.

Dieser begann mit immer größerem Erfolg die Stimmung in der Familie des kleinen Klaus zu vergiften.

Er redete ihnen ein, daß alles Ungemach Schuld der anderen Altbauern wäre, darüber hinaus aber sei die Schuld vornehmlich bei einer Schar eines speziellen fahrenden Volkes zu suchen, welche die Familie des kleinen Klaus in furchtbarer Weise aussauge. Dagegen müsse etwas unternommen werden, und zwar radikal!

Die Familie des kleinen Klaus wußte offenbar nicht, worauf sie sich einließ, als sie diesen Menschen zu ihrem Berater und Anwalt bestimmte, dem sie die Geschicke ihrer Zukunft in die Hände legte. Verzeihlich war das nicht, aber erklärlich! Denn die Rede jenes Eindringlings war von einer dämonischen Suggestion, die alles Denken in seiner Nähe versiegen ließ.

Der Dämon, oder Hein, wie er sich nannte, der in der Familie des kleinen Klaus Eingang gefunden hatte, wühlte und hetzte, und schließlich war es so weit: die Familie begann den zweiten großen Zwist im Dorf. Vorher hatte er schon mehrere Überfälle auf andere Gehöfte organisiert. Doch die Dorfgemeinschaft war zu lasch und furchtsam gewesen. Sie hatte die Überfälle ohne entsprechende Reaktion hingenommen. Hätte sie gleich zu Anfang Widerstand geleistet, vielleicht wäre alles anders gekommen.

So aber nahm das Verhängnis seinen Lauf. Denn da dem dämonischen Hein alles zu gelingen schien, wuchs der Mut im Haus des kleinen Klaus ins Ungeheure an und verdrängte die Einsicht, daß schließlich ein Einzelner sich nicht mit einer ganzen Dorfgemeinschaft anlegen kann. Natürlich gab es noch andere, die mit dem kleinen Klaus waren. Doch wenn es darauf ankam, würde er auf sich allein gestellt sein.

Der Mut wuchs und die Bereitschaft, alles zu tun was Unhold Hein der Sippe des kleinen Klaus abverlangte. Insgeheim grauste vielen in der Familie vor dem, was Gevatter Hein durchführen wollte, wenn er aus dem anstehenden Zwist als Sieger hervortreten sollte. Deshalb wünschte mancher der Familienmitglieder, daß das Unternehmen mit einer Niederlage enden würde.

Da man aber wußte, welche Nachteile für jeden Einzelnen mit einer solchen Niederlage verbunden waren, waren die, die das Spiel des bösen Hein durchschauten, innerlich hin- und hergerissen. Sie wollten den Zwist erfolgreich beendet sehen und wollten es doch wieder nicht. Nach außen schienen sie wie in einen luftleeren Raum gebettet. Der Schrei, den sie zu gern in die Weite gesandt hätten, wehte schon im Ansatz von ihren Lippen fort.

Sie folgten selbstvergessen dem bösen Traum, der sich in voller Absurdität vor und in ihnen auszubreiten begann. Und Hein wütete. Sein krächsendes heiseres Organ schien eine Faszination auf die Zuhörer auszuüben, die sie ihrer normalen Urteilsfähigkeit beraubte. Es war wie eine Hypnose, in die er die Zuhörer versetzte. War man in seinen Bann geraten, bedurfte es schon einer außerordentlichen inneren Anspannung, um dem Sog seiner Rede zu entkommen.

Die, die sich gegen die Entwicklung hätten auflehnen wollen, waren wie von einer Lähmung ergriffen. Sie sahen das Unheil kommen, wußten im Voraus, was für gräßliches Unglück geschehen würde, und schienen doch unfähig gemacht, sich dem Lauf der Dinge in den Weg zu stellen. Kein wirksamer Widerstand kam aus ihren Reihen.

Es ließe sich fragen, ob all das Schreckliche, welches sich nun ergab, nur dem einen negativen Menschen Hein angelastet werden muß. Er war es ja, der die Gemüter in die unheilvolle Richtung dirigierte. Doch so einfach darf man die Dinge nicht sehen. Er sprach das Raubtier im Menschen an, und das Raubtier steckte zu jener Zeit in fast jedem Menschen des Dorfes.

Noch etwas kam dazu, was nicht in das Vermögen des Hein gelegt war. Die Mitglieder des kleinen Klaus wollten, daß das Raubtier in ihnen geweckt und freigelassen würde. Sie fühlten sich betrogen, sie wähnten sich ausgenommen und sie wollten diesen Zustand ändern, koste es, was es wolle. So schufen sie sich eine Mißgeburt in Gestalt des Gevatter Hein, die ihrem bösen Wollen Ziel und Richtung gab.

Was aber war das Ziel? Gevatter Hein sprach immer vom Endsieg. Doch wie wollte man den erringen. Insgeheim hatte sich der Familie eine eigentümliche Stimmung bemächtigt. Es war eine Todessehnsucht, die die Herzen ergriff. So zeigten viele Männer des kleinen Klaus Totenköpfe auf ihren Helmen.

Der große Klaus sah den unausweichlichen Kampf mit Wohlgefallen. "Nun sind die Altbauern doch in die Falle hineingetappt", sagte er zu seiner Familie. "Bald haben wir das Übergewicht im Dorf, bald werden sie alle nach unserer Pfeife tanzen". Als nun der kleine Klaus unter der Direktion von Hein losschlug, da hielt sich der große Klaus erst einmal ganz zurück. "Laßt die Altbauern sich gegenseitig umbringen, das ist gut, das kommt meinen Zielen entgegen".

Und wie der kleine Klaus losschlug. Nach zwei Seiten gleichzeitig fochten er und seine Sippschaft. Besonders dem einen Nachbarn, den man nur den Bauern Bär nannte, weil er so brummig war und so tapsig agierte, überrannte er fast und fügte ihm größten Schaden zu. Da aber den Bauern Bär noch nie jemand wirklich besiegt hatte, zweifelten selbst eingeschworene Familienmitglieder des kleinen Klaus, daß das begonnene Abenteuer zu einem guten Ende zu bringen sei.

Der Gevatter Hein führte noch anderes im Schilde. Ob zu Recht oder nur eingebildet meinte er, er selbst würde zu guten Teilen vom fahrenden Volk abstammen. Das paßte so gar nicht in das hochfahrende Bild, das er von sich hatte.

Denen wollte er es zeigen. Wie kamen sie dazu, Vorfahren für ihn abzugeben. Daß er ohne die Ahnen aus dem fahrenden Volk überhaupt nicht auf der Erde existieren würde, war seinem Geist wohl nicht zugänglich. So ließ er alle Fahrenden, deren er habhaft werden konnte, zusammentreiben, greifen, vernichten.

Wie weit die Sippe des kleinen Klaus davon wußte, ist schwer zu beantworten. Geahnt hat mancher etwas. Doch Gevatter Hein verstand es, seine ruchlosen Taten geheim zu halten. Was konnte man auch tun? Wer dem Teufel die Hand zum Bunde reicht, muß damit rechnen, daß er in ein Netz von Bosheit und Verbrechen gezogen wird, aus dem kein Entkommen ist.

Im übrigen hatte die Familie des kleinen Klaus andere Sorgen. Zur für ihn günstigsten Zeit war der große Klaus in den Konflikt eingetreten. Es war der Moment, wo die Kräfte der Altbauern des Dorfes erlahmten. So konnte er sich als wahrer Held in den Kampf werfen, ohne ein großes Risiko einzugehen, natürlich auf Seiten der Gegner des kleinen Klaus.

Der Aufstieg des großen Klaus

Die offene Parteinahme des großen Klaus entschied den Kampf in kürzester Zeit. Der kleine Klaus mußte hinnehmen, daß die Altbauern und der große Klaus ihn zum zweiten Mal niederwarfen. Man erkannte in der Familie des kleinen Klaus, daß es unheilvoll gewesen war, den Einflüsterungen des Gevatter Hein zu folgen.

Die Familie des kleinen Klaus schien am Ende zu sein, ihre Auslöschung nur eine Frage der Zeit. Daß dies nicht der Fall war, war schon irgendwie erstaunlich. Wir wollen sehen, wie sich die Dinge so entwickelten, daß der Familie des kleinen Klaus doch eine Zukunft winkte.

Es geschah wie Zauberei. Eben noch hatte der große Klaus die Familie des kleinen Klaus wie ein Berserker bekämpft, ohne irgendeine Rücksicht bei der Anwendung von Kampfmitteln zu nehmen, nun aber verhielt er sich so, als wäre der kleine Klaus seit jeher sein größter Verbündeter und Freund gewesen.

Diese Änderung in der Einstellung des großen Klaus war für die Familie des kleinen Klaus so überraschend, daß sie dem großen Klaus voll Dankbarkeit die edelsten Beweggründe bescheinigte. Es sah wahrhaftig nach großmütigem Verzeihen schwerster angehäufter Schuld aus, was der große dem kleinen Klaus gegenüber praktizierte.

"Mein großer Gönner", sagte der kleine Klaus, und wies voll Dankbarkeit auf die großzügige Spende des großen Klaus hin, die ihm zunächst das Überleben nach dem verlorenen Kampf sicherte. Ganz anders agierte dagegen Bauer Bär, der das, was er durch den kleinen Klaus verloren hatte, nun durch diesen ersetzt haben wollte.

"Es ist ein einfaches Geschäft", sagte der große Klaus im Kreis seiner Familie, als er am offenen Kaminfeuer saß und die Situation im Dorf besprach. "Wenn man etwas herausholen will, muß man zuvor etwas hineinstecken, so ist das im Wirtschaftsleben. Ich will etwas herausholen, also muß ich schon vorher etwas springen lassen, sonst läuft das ganze nicht".

Der große Klaus war schlau. Er sagte sich, wenn er gönnerhaft dem kleinen Klaus jetzt unter die Arme griffe und ihn nicht noch weiter zu drangsalieren suche, würde jener ihm in Dankbarkeit und Unterwürfigkeit zu Willen sein. Ein idealer Verbündeter oder besser Vasall ließ sich da gewinnen und das, ohne daß sich in irgendeiner Weise höhere Kosten für das Unterfangen ergaben.

Der große Klaus tat das alles nicht ohne Grund. Er wollte der Reichste und Mächtigste in der Dörflerrunde werden und dem stellten sich zwei wesentliche Widerstände in den Weg. Das eine war die nicht zu leugnende Tatsache, daß Bauer Bär die gleichen Ambitionen wie der große Klaus besaß, was das Erringen von Macht und Reichtum anging. Dieser Konkurrent mußte ausgestochen werden, koste es, was es wolle.

Das zweite betraf die noch immer vorhandene Abhängigkeit der Ödbauern von der Clique der Alteingesessenen, die jenen die Einkünfte bescherte, die der große Klaus nur zu gern für sich verbuchen wollte. Das mußte einfach zu seinen Gunsten geändert werden, sonst hätte die Parteinahme im großen Konflikt keinen Sinn gemacht.

Denn der große Klaus hatte nicht das geringste gegen die Vorstellungen, die den kleinen Klaus in sein mißlungenes Abenteuer getrieben hatte. Gevatter Hein hatte damals genau die Ansichten vertreten, die auch die des großen Klaus waren. Hätte er sich dem großen Klaus zugesellt, wäre die Sache völlig in Ordnung gewesen. Er war nur so töricht gewesen, sich dem kleinen Klaus anzudienen.

So wollte der große Klaus das, was der kleine Klaus mit einer Bravouraktion erreichen wollte, in kleinen aber dafür sicheren Schritten durchexerzieren, zu seinen Gunsten versteht sich. Er wollte die Herrschaft im Dorf, er wollte Güter über jedes Maß häufen, er hatte die Mittel dazu zur

Verfügung, die dem kleinen Klaus gefehlt hatten, und er wollte sie auch einsetzen.

Er ging also ans Werk. Kurz nachdem der große Zwist beendet war, machte der große Klaus Front gegen Bauer Bär. Das fiel ihm leicht, denn Bauer Bär vertrat eine Vorstellung, jedenfalls nach außen, die die Gleichverteilung der Güter bei den Dorfbewohnern zum Ziel hatte. Das sollte durch eine Diktatur der Habenichtse erreicht werden.

Die Sippe Bär hatte diese überall breitgetretene Zielsetzung allerdings innerlich schon längst abgetan. Jedenfalls hinderte sie Bauer Bär nicht, sich Güter anderer Bauern und Dorfeinwohner mit unlauteren Mitteln anzueignen. Was ist ein solches Ziel dann noch wert?

Das alles interessierte den großen Klaus nicht. Ihm genügte, das Schreckgespenst der Verteilung der Güter zu Lasten der Reichen anprangern, Bauer Bär und seine Familie verteufeln und daher mit allen Mitteln bekämpfen zu können. Gewaltsam war das nicht möglich, denn die Sippe Bär war stark und bisher unbesiegt.

So legte der große Klaus eine Art Blockadering um Bauer Bär, der darin bestand, daß keiner der übrigen Dorfbewohner Handelsgeschäfte mit Bauer Bär tätigen durfte. Bauer Bär war somit auf sich allein angewiesen und das brachte es mit sich, daß er, auf Dauer gesehen, das Spiel um Macht und Reichtum verlieren mußte.

Mit den anderen Konkurrenten verfuhr der große Klaus anders, aber ebenso wirkungsvoll. Er proklamierte die allgemeine Befreiung der unfreien Ödbauern. Diejenigen, die den Altbauern bisher zu Willen sein mußten, wurden nun in den Stand von Vollbauern gehoben. Das machte sie weder reicher noch freier, denn die Fessel der Schulden ließ sich mit einer solchen Methode nicht beseitigen.

Im Gegenteil wähnten viele der so befreiten, sie könnten sich nun ein feines Leben öffnen, sie brauchten nur etwas Kredit beim großen Klaus aufzunehmen, schwupp, wären sie ganz große Herren. Daß man Kredite auch verzinsen und abbezahlen muß, das wurde ihnen erst bewußt, als sie vor Schuldlasten kaum noch aus den Augen blicken konnten.

Da machten sie dumme Gesichter. Sie hatten die eine Unfreiheit gegen die andere eingetauscht. Dumme Gesichter machten auch die betroffenen Altbauern, die bisher bei den Ödbauern abgesahnt hatten. Was sollten sie tun? Arbeiten? Was blieb ihnen anderes übrig, doch eine solche Freizeitregelung schmeckte bitter und fad.

Da war der kleine Klaus schon besser daran. Er hatte es während der letzten Jahre völlig verlernt zu faulenzen. So lief er den anderen Altbauern im Erfolg seiner Arbeit davon. Der große Klaus lobte ihn deshalb und sagte: "Du bist eine echte Stütze der Dorfgemeinschaft, auf einen wie dich haben wir lange schon gewartet".

Und noch etwas anderes sagte der große Klaus: "Kleiner Klaus, ich möchte dich nicht beunruhigen. Aber du weißt selbst, wie dein Nachbar Bauer Bär beschaffen ist. Einen Teil deines Besitzes hat er ohnehin in seiner Gewalt. Ich bin sicher, er will dich und die restliche Familie ebenfalls unter seine Knute zwingen.

Versteh mich bitte nicht falsch. Niemand, schon gar nicht ich, will dich in irgendeiner Weise beeinflussen. Doch du wirst einsehen, daß du meinen absoluten Schutz genießt. Denn du bist mir lieb und teuer. Daher ist es eigentlich nur recht und billig, wenn du das, was meine Bereitschaft dich zu schützen kostet, mir zum Ausgleich als eine Art Schutzgeld zukommen läßt".

Der kleine Klaus war ganz außerordentlich glücklich über diesen Vorschlag. "Gewiß", sagte er, "will ich meine bescheidenen Möglichkeiten zur Abgeltung solcher Verpflichtung nutzen. Du bist der Hort der Freiheit, dir ist es göttliches Gebot diese zu verteidigen".

"Ich bin dein wahrer Freund", sagte der große Klaus, " sollte Bauer Bär es wagen, dich und die deinen zu überrennen und zu vernichten, es wird mir unverzichtbares Anliegen sein, solch schnöde Tat zu rächen. Er wird nicht davonkommen, der böse Bauer Bär, mit all seiner Hinterlist. Für alles, was er dir tat, wird er bezahlen müssen.

Im übrigen sind meine Leute ja bei dir. Du weißt selbst, daß du die volle Freiheit noch nicht verträgst. Das erfüllt nun einen doppelten Zweck. Einmal hindert es dich, dir selbst zu schaden, indem du deine Nachbarn überfällst, zum anderen hilft es mir, den Schutz deines Anwesens mit vertretbarem Aufwand zu garantieren".

Der kleine Klaus war ganz gerührt über das Ausmaß der Fürsorge, die der große Klaus ihm angedeihen ließ. Und offensichtlich waren die anderen Bauern ebenfalls von der Güte und Opferbereitschaft des grossen Klaus überzeugt, sonst hätten sie nicht das Rathaus des Dorfes jenseits des großen Teichs auf dem Boden des großen Klaus erbaut. Das war ein schönes Symbol für eine vom großen Klaus garantierte friedliche und hilfsbereite Dorfgemeinschaft.

Natürlich mußte der große Klaus so manches Mal seine Friedfertigkeit vergessen, um den Frieden im Dorf sicherzustellen. Das war besonders dann der Fall, wenn ein Dorfbewohner aus der Anhängerschaft des großen Klaus in die des Bauern Bär hinüberwechseln wollte. Sollte das Schule machen, war der Frieden im Dorf nachhaltig gestört.

Also zog der große Klaus mit seinen Leuten los und knüppelte auf die Abtrünnigen ein. Daß das meist keinen Erfolg brachte, lag an der störrischen Gesinnung der Abtrünnigen. Auch wenn das ganze recht gewaltsam vonstatten ging, bezeichnete der große Klaus das alles dennoch als Akt der Friedfertigkeit.

Denn welch Desaster wäre erst geschehen, wenn man der Entwicklung nicht entgegengetreten wäre. So wußte jeder, wechsele ich zum Bauern Bär hinüber, wird alles bei mir zerschlagen und ich fange mein Leben wieder bei Null an. Das fanden die Verbündeten des großen Klaus auch so in Ordnung.

Kritik wurde jedenfalls im Dorfe nicht laut. Und wenn das Fehlen kritischer Stimmen Nachweis für Frieden und Eintracht ist, so war die Situation im Dorf im äußersten Maße von Frieden geprägt.

Die Macht des Geldes

Der große Klaus hatte den ersten Teil des Weges zu seinem Ziel hinter sich gebracht. Er hatte sich den größten Einfluß im Dorf verschafft. Er war auch der reichste Bauer weit und breit. Nun konnte er darangehen, den Reichtum nach außen auch kund zu tun. Das, meinte er, könne nur in der Weise geschehen, daß er und seine Familie sich keinerlei Beschränkungen im Verbrauch auferlegen müßten.

"Was man besitzt, darüber darf man verfügen", war seine Rede, "und wenn ich es ins Klo schütte oder auf den Abfallhaufen werfe". Daß es genügend Leute im Dorf gab, die das Fortgeworfene bitter nötig hatten, war dem großen Klaus einerlei. "Sind bloß neidisch die Leute. Hätten es machen sollen wie ich - raffen, raffen, raffen, das bringt Kies".

Ja, der verwerfliche Neid der kleinen Hungerleider! Da saß so ein Stück Mensch, durch Mißernten und drückende Armut geschwächt und ausgezehrt, gerade vom Begräbnis zurück eines Kindes, das ihm aus Mangel an Nahrung unter den Händen weggestorben war, hätte doch zufrieden sein sollen, daß es da jemand gab, dessen achtlos weggeworfene Überreste ausgereicht hätten, ihn und die Seinen am Leben zu erhalten. Nein, war er nicht!

Erdreistete sich das Individuum nicht, noch neidisch auf den Reichen zu sein! Unerhört! Der große Klaus war da ganz souverän. Er kümmerte sich nicht um den Neidkomplex der kleinen Leute. "Sollen sie neidisch sein", sagte er, "hilft ihnen doch nichts. Krepieren so oder so. Meinen Segen haben sie."

Er gewöhnte es sich schon aus Trotz an, ganz aus dem Vollen zu schöpfen. Stünde ihm schließlich zu, meinte er. Noch immer hätten die Mächtigen in Saus und Braus gelebt. Warum nicht auch er. So verbrauchte die Familie des großen Klaus das Vielfache dessen, was ein vergleichbarer Haushalt sonst im Dorfe ausgab.

Und was die Familien der Hungerleider betraf: Was der große Klaus in wenigen Tagen verbrauchte, hätte für sie ein ganzes Jahr gereicht. Himmlische Gerechtigkeit nannte das der große Klaus, denn mit dem Herrgott stand der große Klaus auf guten Fuß. Betete öffentlich, was das Zeug hielt und besuchte die Gottesdienste mit Bravour.

Sein Haus war geradezu phänomenal. In allen seinen Zimmern brannte Licht, auch am hellen Tag. Lud jemand eine kleine Gesellschaft zum Geburtstag ein, pappte sich jeder den Teller voll, aß aber nur wenig davon. Der Rest wanderte in den Mülleimer. Nur wer Güter vergeudete, war im Haus des großen Klaus geachtet.

Aber der große Klaus mußte achtgeben, daß er den Reichtum erhielt. Die Hungerleider und Ödbauern waren teilweise schon so ausgepreßt und ausgesogen, daß sie ihr Kontingent an Gütern für den großen Klaus kaum noch aufbringen konnten. "Wenn die Sache laufen soll", sagte sich der große Klaus, "muß ich an die Altbauern heran".

Zum Glück kam gerade ein Ökonom beim großen Klaus vorbei, der den freien Verkauf der Waren propagierte. Der verklickerte dem großen Klaus, wie die Verhältnisse gestaltet werden müßten. Der große Klaus hörte ihm sehr aufmerksam zu und war danach der Ansicht, daß ihm hier die Lösung aller heutigen und künftigen Probleme beschert würde.

Man müsse, so der Ökonom, in die Familien selbst hineingreifen. Nicht mehr der Bauer, als Repräsentant der Familie, dürfe die Käufe und Verkäufe tätigen, sondern ausschließlich die Mitglieder der Familien. Überhaupt sollte die Familie selbst nicht mehr tätig werden dürfen, jedenfalls nicht dort, wo man Geld verdienen könne.

Nur dort, wo nun wirklich nichts zu verdienen sei, sollte die ganze Familie in die Pflicht genommen werden. Besonders natürlich dort, wo es um die Unterstützung ärmerer Familienmitglieder ging. Damit wollten die Reichen nichts zu tun haben. Die Familie sollte sich selbst helfen, und die Reichen damit verschont lassen.

Es sollte nun auch jedes Mitglied der Familie Geld irgendwohin transportieren dürfen. Dort durfte man das Geld dann nach Herzenslust für irgendein Geschäft ausgeben, vornehmlich für Spekulationen, denn die waren das Spezialgebiet der Geldleute. Ab sofort würde jeder aus dem Dorfe frei sein von allen familiären Bindungen, wenn es sich um Geldangelegenheiten handele.

Wäre also die Freiheit des Einzelnen in Geldangelegenheiten durch-gesetzt, dann würden die Geldleute gewiß ihr Geld dort lassen, wo ihnen die wenigsten Schwierigkeiten und Risiken drohten - das aber wäre mit Sicherheit der große Klaus. Also würde der große Klaus ganz ohne alle Anstrengung den großen Reibach machen.

Denn wo das Geld erstmal hingelangt war, dort würde es schon dafür sorgen, daß in dieser Familie genug Geld hängen bliebe. Das wäre also die perfekte Geldproduktionsanlage. Das einzige, was zu tun wäre, sei die unbegrenzte Verschieblichkeit des Geldes im Dorf durchzusetzen.

"Das alles ist hochinteressant", sagte der große Klaus, "doch was tue ich, wenn die Familien nicht auf meinen Vorschlag eingehen?" "Das ist kein Problem", meinte der Ökonom, "Wir haben eine Dorfregierung, die wird es schon richten. Außerdem sind die Altbauern solche Hasenfüße, die machen sich schon in die Hosen, wenn du nur mal eben ein strenges Wort an sie richtest."

"Was aber," meinte der große Klaus, "wenn die Geldleute es tatsächlich wagen sollten, mein Geld in anderen Familien einzusetzen? Was soll ich dann tun?" - "Es ist schwer vorstellbar," sagte der Ökonom, daß das geschieht. Sollte wirklich eine größere Zahl der Geldleute sich von deiner Familie abwenden, dann machst du den neuen Gastfamilien die Hölle heiß. Da kommen die abtrünnigen Geldleute schnell wieder zu dir zurückgeflogen."

Und überhaupt fließt das Geld immer zu den Reichen und Mächtigen hin. Da du der Reichste und Mächtigste im Dorfe bist, wirst du nur immer reicher und damit mächtiger werden. Schlimmstenfalls erlegst du allen Familien eine Abgabe auf, die sie direkt an dich zahlen müssen. So eine Art Abgeltung dafür, daß du sie vor Bauer Bär beschützt."

"Toll", sagte der große Klaus, "das ist die Lösung all meiner Probleme. Wer dann noch von den Leuten nicht spurt, kommt auf die Abschußliste. Wird schon merken, was er davon hat. Wird bald von allen Flausen kuriert sein. Vernommen und beschlossen! Ich werde den freien Verkauf der Waren in allen von mir abhängigen Familien durchsetzen".

Mit der ihm eigenen Zielstrebigkeit ging der große Klaus ans Werk. Die Bauern waren zunächst nicht sonderlich davon begeistert, ihre Familien dem freien Wettbewerb zu öffnen. Aber da zeigte sich, was der große Klaus am kleinen Klaus hatte. Bedingungslos akzeptierte der kleine Klaus die Vorstellung, daß Wettbewerb ganz global über alle Familienbindungen hinweg angesagt wäre.

Die anderen wurden anders ins Boot geholt. Man konnte Geschäfte mit dem großen Klaus nur dann weiterhin tätigen, wenn man auf die Linie des großen Klaus einschwenkte. Ohne das Geschäft mit dem großen Klaus war man jedoch sehr schlecht daran. So bequemten sich langsam aber sicher alle Altbauern dazu, den freien Handel auch innerhalb der Familien durchzuführen.

Es wurde geradezu zum Gesetz, daß niemand es einem Geldmenschen erschweren durfte, sein Geld von einer Familie zu einer anderen zu bringen. Das bewirkte, daß die einzelnen Familien zu anderen Familien in Konkurrenz traten, um das Geld der Geldleute an sich zu ziehen. Es wurde üblich, daß die Familien den Geldleute alles Erdenkliche zu Gefallen taten, nur damit sie ihr Geld bei jener Familie ließen. Das machte sie, ohne daß sie es merkten, zum Spielball der Geldleute.

Man überbot sich in Gefälligkeiten, gab den Geldleuten noch zusätzliche Einkünfte aus dem Säckel der Familie und büßte nicht nur Selbstachtung ein, sondern verlor dabei die Kontrolle über die Geldleute gänzlich. Sie führten die Familien wie sie es wollten an der Nase herum und brachten diese systematisch in Schwierigkeiten.

Sie behaupteten, alle wären jetzt eine Familie! Das hätte aber doch bedeutet, daß alle Menschen des Dorfes und auch die Geldleute eine Gemeinschaft bilden, die sich füreinander einsetzt und in der jeder für den anderen einspringt. Tatsächlich scherten sich die Geldleute um niemanden, nicht einmal um ihres gleichen.

Und der große Klaus war immer mit von der Partie. Das ganz Verfahren der freien Dorfwirtschaft hatte ja nur das eine Ziel, dem großen Klaus dorfweit den ungehinderten Verkauf seiner Waren zu ermöglichen. Nicht Mitgefühl mit den Schwierigkeiten anderer hatte den großen Klaus bestimmt, sondern die ihm innewohnende Raffsucht.

Er wollte das ganz große Geschäft machen, und es sollten sich keine irgend gearteten Schwierigkeiten in den Weg stellen. So hatte der große Klaus sich die Sache gedacht. Und zunächst sah es ganz danach aus, als würde diese Rechnung voll und ganz aufgehen. Die Erträge flossen wie irrsinnig in die Taschen des großen Klaus. Das Manöver schien also ein wirklicher Erfolg zu werden.

Zunächst! Der Säckel des großen Klaus füllte sich, das der armen Bauern leerte sich. Besonders die Bauern im südlichen Teil des Dorfes mußten herbe Verluste einstecken. Sie mußten Schulden machen. Sie machten immer mehr Schulden. Das ging so weit, daß sie eines Tages die Zinsen nicht mehr zahlen konnten. Und keine Waren mehr kaufen.

Sie hätten dann aber nicht nur die Zinszahlung eingestellt, sondern sie wären als Abnehmer der Waren des großen Klaus ausgefallen. Das durfte nun nicht sein. Also mußten die Bauern des Dorfes Beträge in eine Gemeinschaftskasse zahlen, mit deren Hilfe Schulden nicht etwa zurückgezahlt, sondern gestreckt werden konnten.

Das hatte den Vorteil, daß zahlungsunfähige Bauern doch immer noch soviel für ihre Schulden zahlten, wie sie irgend ermöglichen konnten. So waren sie in einer perfekten Schuldenfalle gefangen. Die Schulden wurden sie ohnehin nicht los, und alles, was sie intern erwirtschafteten, ging an die Gemeinschaftskasse des Dorfes oder an den anfänglichen Geldgeber.

Der große Klaus und alle, die bei dem Geschäft gut abschnitten, also auch der kleine Klaus, waren zunächst sehr zufrieden. So sagte der große Klaus zu dem kleinen Klaus oft: "Siehst du, mein Geschäftsgeist und dein Arbeitseifer kombiniert, das ist schon was, damit kann man sich eine goldene Nase verdienen."

Diese Euphorie, die die besser gestellten Bauer zunächst beherrscht hatte, machte langsam aber sicher einem gewissen Unbehagen platz. Wie kam es, daß die Geschäfte liefen und die Bauern doch immer mehr Schulden anhäuften. Die Altbauern hatten Schulden, die Ödbauern ohnehin und sogar der große Klaus konnte vor Schulden nicht aus den Augen blicken.

"Wie kann denn das angehen", sagte er zu dem Ökonomen, als dieser mal wieder beim großen Klaus vorbeischaute. Ich verdiene wie bekloppt, die Wirtschaft in meiner Familie floriert, und doch ist Ebbe in der Haushaltskasse. Nicht nur das. Es sind Schulden da und die Schulden werden immer größer".

Der Ökonom kam nicht dahinter. So etwas wie eine allgemeine Verarmung der Familien war in seinen Büchern nicht vorgesehen. Da mußte man schon außerhalb der Bücherweisheit graben. Wie war denn das? Alle Bewohner des Dorfes konnten Geschäfte abschließen, wo und mit wem sie wollten. Alles in dieser Richtung war erlaubt.

Langsam kam Licht in die Angelegenheit. Da gab es in allen Familien die Schar der Vermögenden. Leute, die zwar zur Familie dazugehörten, sich aber nicht zur Familie hinzurechneten, da sie keinen Anteil am Bauernhof hatten. Das Entscheidende war: Geld stand ihnen in erheblichen Beträgen zur Verfügung.

Wie es sich herausstellte, konnten diese Geldleute unter den neuen Gegebenheiten der freien Dorfwirtschaft weit besser und effektiver operieren als die Bauern selbst. Sie hatten ja nicht den Ballast des Hofs und der darauf lebenden Familie mitzuschleppen.

Sie waren eigentlich ganz frei, frei in jeder Beziehung. Was am schwersten wog: sie waren auch frei von Verantwortung. Sie kümmerten sich um nichts und niemand. Wenn ein Bauer ihnen dumm kam und ihnen mehr abverlangte als das, was nun wirklich nicht zu umgehen war, dann wechselten sie zu einem gefügigeren Bauern, der ihnen nicht solche Erschwernisse bereitete.

Sie waren verantwortungslos, denn sie waren frei von jeder Moral. Auch untereinander waren sie raubtierhaft eingestellt. Wer Schwäche zeigte, wurde zur Seite geschoben. Übrig blieben nur die Starken und Gewissenlosen. Es war keiner unter ihnen, der nicht mit Bravour einen, zehn, hundert Morde zu begehen fähig war oder schon begangen hatte.

Es war eine wilde, grausame, bestialische Schar, die da ihr Unwesen trieb. Immer waren sie bereit, einen der ihren zu schlucken, um die Macht ihres Geldes zu steigern. Die Menschen im Dorf waren ihnen nur Material, unwichtiger Ballast auf dem Weg zur Anreicherung der Macht und des Geldes.

So kam eine ungeheure Konzentration der Geschäfte zustande, die die Geldleute betrieben. Immer weniger von ihnen betrieben das, was vorher von vielen getan wurde. So konnten sie sich auch untereinander absprechen und die Dörfler zwingen, die Waren teuer zu kaufen. Und sie waren unersättlich.

Keiner von ihnen, der gesagt hätte: Schluß jetzt, wir wollen die Armen nicht noch mehr verarmen. Was kümmerte es sie, wenn die Not erst in den Randbereichen des Dorfes, dann überall, drückend für die Bevölkerung wurde. Das war ihnen alles gleich.

Es gab nur zwei Mittel, ihren Appetit auf Zeit zu stillen. Das war einmal die Möglichkeit, die Erzeugung der Güter zu erhöhen. Dabei fiel auch ein höherer Gewinn an. Der wurde natürlich nicht an diejenigen weitergegeben, die die zusätzliche Produktion ermöglicht hatten, sondern der floß wie selbstverständlich den Geldleuten zu.

Und zum zweiten konnten die Familien ihnen aus ihrem Besitz Zuwendungen zusätzlich machen. Da traten die Familien gegeneinander an und überboten sich, wer den bösen Buben das Meiste an zusätzlichem Verdienst verschaffen könne.

Obwohl die Geldleute stets allein für sich selbst und gegeneinander operierten - wenn es gegen einen Bauern ging, hielten sie alle zusammen. Wagte einer es, die bisher von den Geldleuten geforderten Abgaben zu erhöhen, hatte er sofort den gesamten Clan der Geldleute gegen sich. Das hielt kein Bauer durch, nicht mal der große Klaus.

Außerdem gab es in der Sippe des großen Klaus den stets beherzigten Spruch: was den Geldmenschen nützt, ist gut für die Sippe des großen Klaus. Daß das ein unverschämt lügenhafter Spruch war, merkten viele in der Sippe des großen Klaus am eigenen Leib. Denn plötzlich war das Schlaraffenland nicht mehr für alle so erquicklich und mit Sahnetörtchen ausgestattet, wie sie es sich erträumt hatten.

Nein, man arbeitete wie besessen, und konnte doch keinen Heller zur Seite legen. Und wenn irgend etwas Unvorhergesehenes eintrat, etwa eine Krankheit oder ein Unfall, dann wußten viele nicht mehr, wie sie aus der Schwierigkeit herauskommen sollten. Hochverschuldet mußten sie sich durchs Leben quälen, ohne Aussicht an der Situation etwas ändern zu können.

Denn die Geldleute hatten eine neue Technik entwickelt, auch die reichen Familien auszunehmen. Das waren die Billigjobs, die man den Leuten anbot. Alle haben Arbeit, war die Devise, alle sollen schuften, bis sie schwarz werden. Verhungern sollen sie trotzdem.

In der Familie des großen Klaus probierte man es aus. Zu wenig zum Leben, zu viel zum Sterben - das war der Verdienst, den man den ins Elend gestürzten zugestand. So hält man die Menschen unter der Knute. So würde die Geldmacht sich über alle Macht des Dorfes erheben.

"Ja", sagte der Ökonom, als er die Zusammenhänge endlich kapiert hatte, "damit hat wohl keiner rechnen können. Die Geldleute haben sich selbständig gemacht und eine Macht erworben, die sie zusammengenommen ganz unwiderstehlich macht. Dagegen ist schwer etwas zu unternehmen. Doch da auch die Geldleute Schutz gegen Gewalt brauchen, und du ihnen den besten Schutz zu geben vermagst, hast du immer noch die besten Karten von allen.

Doch nimm dich in acht. Ihre Macht ist so groß, daß sie dich gefahrlos um die Ecke bringen können, wenn du nicht nach ihrer Pfeife tanzt. Das haben sie schon mit einigen deiner Vorgänger getan und sie werden es mit dir ebenfalls tun, wenn ihre Interessen nachhaltig von dir geschädigt werden. Die einzige Möglichkeit sie zu stoppen wäre, daß sich das ganze Dorf gegen ihre verderbliche Macht stellt, und sie auf einen Schlag ihrer Mittel beraubt.

Von solchen Gedanken war man aber noch weit entfernt. Denn in den Menschen des Dorfes kreiste das Gift der ungezügelten Selbstbereicherung, das, was man als das eigentlich Böse bezeichnen muß. Wenn die Geldleute vom Bösen besessen waren, der große Klaus und auch andere im Dorfe standen ihnen nicht viel nach.

Der Aufstand der Ödbauern

Besonders beim großen Klaus war alles auf Geldverdienen und Besitzmehrung ausgerichtet. Da war an eine Reform des Zusammenlebens der Dörfler überhaupt nicht zu denken. Weder der große Klaus noch seine Familie waren bereit, die Verhältnisse nachhaltig zu ändern. Sie meinten, durch eine solche Reform würden sie sich ein Leben in Armut und Entbehrung einhandeln. Da also der große Klaus jede Reform blockierte, war den armen Familien der Weg aus der Misere versperrt.

Die Sippe des großen Klaus bildete so etwas wie den Schlüssel für das Wohlergehen der Menschen im Dorfe. Von ihr mußte ein mögliches Umdenken ausgehen. Aber leider war sie noch ganz von ihrer unwiderstehlichen Macht durchdrungen und meinte, alles würde sich fügen, würde man nur kräftig genug draufhauen. Daß auch andere fähig wären, zuzuschlagen, auch andere Macht angesammelt hatten, den Gedanken meinte man außer Acht lassen zu dürfen.

Der große Klaus sah nicht, daß sich da im Dorf etwas zusammenbraute, das seiner Macht ein Ende zu bereiten fähig war. Denn die Menschen in den armen Familien des Dorfes waren insgeheim der Meinung, daß der große Klaus und seine Sippschaft schuld an der Misere waren, die von den Geldleuten hervorgerufen wurde.

Und das stimmte ja auch. Der große Klaus hatte die freie Dorfwirtschaft durchgesetzt und er hielt an dieser für die Dörfler mörderischen Institution fest, obwohl er eigentlich hätte wissen müssen, daß er damit unendliches Leid über die armen Dörfler brachte. So war er in den Augen dieser Dörfler ein Erzschurke, der den Tod vieler, vieler Dörfler auf dem Gewissen hatte.

Einige der armen Dörfler waren nicht mehr bereit, das vom großen Klaus geübte Unrecht ohne Gegenwehr hinzunehmen. Es kündigten sich für den großen Klaus und die reichen Altbauern Schicksalsschläge an, die sie vielleicht eines besseren belehren würden..

Die damit verbundenen Aktionen würden zunächst von denen ausgehen, die von dem großen Klaus und den von ihm protegierten Geldleuten am meisten geschädigt wurden. Und an Geschädigten gab es in dieser Hinsicht viele im Dorfe, das konnte man nicht leugnen.

Während aber die meisten Dörfler, besonders aus dem alten Teil des Dorfes, noch immer von der grundsätzlichen Integrität des großen Klaus ausgingen, waren die Ödbauern und Enteigneten gegen ihn und mehrheitlich der Meinung, daß etwas an der Situation geändert werden müsse, wenn es nicht zu einer katastrophalen Entwicklung kommen solle.

Die Bauern im alten Dorfbezirk gaben dem großen Klaus zwar nicht im Wirtschaftsbereich die Schuld an einer sich stetig verschlechternden Situation. Sie meinten aber, die Umwelt würde vom großen Klaus in zu starkem Maß belastet werden.

Der große Klaus gebärdete sich in dieser Hinsicht wie ein Berserker, nahm auf die Natur keinerlei Rücksicht, so daß viele Altbauern die Überlebensfähigkeit des Dorfes dadurch gefährdet sahen, daß der große Klaus Böden, Wasser, Luft systematisch verpestete.

Die Ödbauern sahen die Sache weit eingeschränkter, dafür waren sie in ihren Reaktionen extremer. Ihnen war die Natur so gleichgültig wie dem großen Klaus. Dafür wollten sie aber ihre mißliche wirtschaftliche Situation mit aller Gewalt ändern. Notfalls waren sie bereit, dies mit Gewalt oder gar Terror durchzusetzen.

Sie fingen mit kleinen Nadelstichen an. Mal da, mal dort wurde eine Terroraktion ausgeführt. Das irritierte mehr, als es schadete. Der große Klaus lachte insgeheim darüber. Er meinte, eine Gefahr würde von der Sorte Mensch nicht für ihn ausgehen. Da hatte er sich aber verrechnet, denn die Terroristen lernten schnell und änderten auch ihre Methode.

Zunächst stieß einer zu ihnen, der eigentlich zu den Geldleuten zu rechnen war. Der hatte von seinem Vater ein ziemliches Vermögen geerbt, welches er nun für die gerechte Sache der Umwälzung bestehender Verhältnisse einsetzte. Damit kam die Sache der Entrechteten und Empörer überhaupt erst einmal in Schwung.

Mit den Nadelstichen war es jetzt auch vorbei. Wenn die Empörer nun einen Terrorakt verübten, tat es richtig weh. Der große Klaus hatte die Wendung der Situation zwar richtig erkannt und versuchte, des abtrünnigen Geldgebers habhaft zu werden, vergebens. Der machte munter weiter, hatte sich im übrigen im Gebiet eines der Ödbauern versteckt, von wo aus er die Fäden zog und operierte.

Dieses Organisators konnte man nicht habhaft werden. Selbst als der große Klaus einen Überfall auf den Ödbauern inszenierte, der jenen Organisator beherbergte, war dieser gerade aus dem überfallenen Gebiet verschwunden. Entweder Gott oder der Teufel schienen mit ihm zu sein. Jedenfalls war der Überfall ein Schuß in den Ofen.

Dann kam der Augenblick, welcher das bisherige Selbstvertrauen des großen Klaus in den Grundfesten erschütterte. Ein Anschlag zerstörte ein Gebäude des großen Klaus, welches dessen ganzen Stolz ausmachte. Der große Klaus rotierte inwendig. Der Terrorakt vernichtete den Nimbus seiner Unangreifbarkeit. Es mußte etwas geschehen.

Leute vom Schlage großer Klaus sind da in ihren Reaktionen immer gleich. Zunächst wollte er natürlich Rache. Vergeltung, wie er es nannte. Vergeltung hört sich so nach Entgeld an, und mit Geld kannte sich der große Klaus aus, das war gewissermaßen das Blut, das im Adersystem seines Körpers kreiste.

Das Geld, das im Bau steckte und nun vernichtet war, war auch das einzige, was den großen Klaus anfocht. Daß da so und soviel Personen bei dem Anschlag draufgingen, war eher für die eigene Propagandaposition erfreulich, das konnte man nach allen Richtungen ausschlachten und die Familie und ihre Vasallen damit zusammenkitten. Tatsächlich interessierte den großen Klaus der Tod der durch den Anschlag ums Leben gekommenen herzlich wenig.

Wie sollte er auch. Selbst wenn er nach außen extreme Gläubigkeit durch exzessiven Besuch von Gottesdiensten dokumentierte: Für ihn war das Leben ohne Sinnbezug. Jeder stirbt einmal, stirbt er gleich, ist er vielen Mißlichkeiten entgangen. So war seine Weltanschauung.

Nein, was den großen Klaus wirklich anfocht war, daß sein Nimbus der Unbesiegbarkeit einen argen Dämpfer erhalten hatte. Wie konnte es geschehen, daß in seinem eigenen Bereich, von einer Gewaltentfaltung geschützt wie nie und nirgends, eine solche Tat geschah!

Es ging da um die vitalen Interessen des großen Klaus. Denn wenn die Schar der anderen Bauern den Eindruck gewann, daß der große Klaus zwar mächtig aber doch besiegbar war, dann würden viele, die bisher aus Angst den Forderungen des großen Klaus folgten, ihre Entscheidungen vielleicht in anderer Weise treffen.

Hochverschuldet, wie es der große Klaus de facto war, würde aller Wohlstand sofort in sich zusammenfallen, griffen die übrigen Dorfbewohner ihm nicht immer und immer wieder helfend unter die Arme. Und dann: war das Image der Unbesiegbarkeit dahin, würde auch das Image der Wohlanständigkeit Schaden nehmen.

Der große Klaus hatte, was die Moral anlangte, in der Vergangenheit nicht gerade glücklich operiert. Es lief eigentlich immer in gleicher Weise ab. Irgendein Bauer oder jemand aus dessen Familie begehrten gegen einen Unrechtszustand auf. Da es im Dorfe keine Möglichkeit gab, durch Gerichtsbeschluß solche Unrechtsverhältnisse zu korrigieren, konnte nur durch Gewaltanwendung etwas erreicht werden.

War der große Klaus Leidtragender irgend eines Aufbegehrens, dann trat er auf den Plan. Entweder er holte sich bei den Dorfältesten gleich die Erlaubnis, auf den Umstürzler einzuschlagen, oder er beschloß aus eigener Machtvollkommenheit, solches zu tun. Das Ergebnis war allemal gleich. Eine Welle von Zerstörung traf den Umstürzler. Der Dörfler, der in solcher Art den großen Klaus zum Gegner hatte, war ruiniert.

Nicht nur, daß der große Klaus wie ein Vandale auf dem Gehöft des Umstürzlers hauste, er praktizierte ungeniert Sippenmord. Alles das, was die Dorfgemeinschaft durch lange traurige Erfahrungen als Kodex der Verhaltensnorm für die Dörfler zusammengestellt hatte und akzeptierte, galt für den großen Klaus nicht.

Er sagte zum kleinen Klaus: "Wie war das doch damals, was hat dein Ratgeber und Bevollmächtigter Hein gepredigt? Er sagte, die Sippe soll für ihre Mitglieder haften." - "Bitte", sagte der kleine Klaus, "das liegt nun schon viele, viele Jahre zurück. Der Hein war ein Schandfleck in meiner Familie, seine Sippenhaft kann ich nicht gut heißen."

"Aber ich!", sagte der große Klaus, "Wie heißt es doch? Mitgegangen, mitgefangen, mitgehangen! Das ist meine Devise." - "Das ist Barbarei", hätte der kleine Klaus am liebsten gesagt, verbiß sich aber den Kommentar vorsichtshalber.

Und so, wie der kleine Klaus, verhielten sich alle im Dorf. Keiner wagte es, die vielen Schandtaten des großen Klaus beim Namen zu nennen, denn alle fürchteten, sich dadurch schwere Nachteile einzuhandeln. Das einzige war, man versuchte, seine Zustimmung zu dessen Strafexpeditionen auf das Minimum einzuschränken.

Doch wenn er kein Mandat für sein ungeheuerliches Vorgehen bekam, handelte der große Klaus eben auf eigene Faust, ließ sich danach von den Vasallen bestätigen, daß er durchaus im Recht war. Es war eben schwer, ihn in dieser Richtung zu bremsen.

Jetzt in dieser Stunde wollte der große Klaus kein Mandat haben. Aus eigener Machtfülle heraus wollte er handeln, um allen klar zu machen, wer im Dorfe die Macht innehatte. Daß alle anderen Dörfler ihm Beifall klatschen würden, davon ging er aus, wie absurd und unmenschlich er sich dabei auch gab.

Und wie absurd er handelte, und wie verbrecherisch er sich in Szene setzte! Die jämmerlichste Familie im Dorfe wurde für seine Racheaktion ausgesucht. Es war ein Ödbauer, den man lange schon hätte zur Vernunft bringen sollen, da er seine Familie in fürchterlichster Art mißhandelte. Jetzt sollte er zur Vernunft gebracht werden. Aber Hallo!

Der große Klaus beschuldigte den Ödbauern, den Drahtzieher des Attentats zu beherbergen. Eine Frist wurde gesetzt, innerhalb der dieser Drahtzieher an den großen Klaus auszuliefern sei. Die Frist verstrich.

Mit einem Aufwand, der in rechter menschlicher Weise eingesetzt, dem großen Klaus die ewige Dankbarkeit aller Dörfler eingebracht hätte, wurde die Ödfläche des Bauern nun doppelt verödet. Der große Klaus schuf ein Inferno, welches nur dadurch keinen größeren Schaden verursachte, weil eigentlich nichts da war, was zerstört weden konnte.

Es sei denn, man rechnete die Menschen zu den zerstörbaren Dingen. Da allerdings war der große Klaus im äußersten Maß erfolgreich. Es sollte ja ein Exempel statuiert werden. "Hundert für einen", sagte der große Klaus, und meinte damit, für jeden der beim Attentat Gestorbenen sollten hundert aus der Sippe des Ödbauern sein Leben lassen. Das war um das Zehnfache mehr als der Bevollmächtigte Hein des kleinen Klaus damals für einen der zu Tode gekommenen Seinen verlangt hatte.

Überhaupt der kleine Klaus. Er hatte die Lektion gelernt, wie er meinte. Wenn irgendwo Not war, sprangen er oder seine Familie in die Bresche und halfen. Meist geschah das, nachdem der große Klaus irgendwo wieder ein Unheil angerichtet und alles zerstört hatte. "Der kleine Klaus richtet das schon", war die Meinung des großen Klaus.

"Er hat ja auch vieles wieder gut zu machen", sagte er und spielte auf die Zeit vor einem halben Jahrhundert an. Daß er damals mindestens die gleichen Schurkereien wie der kleine Klaus verübt hatte, wollte er nicht wahrhaben. Er hielt das damals Geschehene für Heldentaten, brüstete sich noch heute damit, das Unrecht damals ausgeübt zu haben.

Er meinte, all das wäre aus ehrenhaften Motiven heraus geschehen. Doch wie soll Unmenschlichkeit ehrenhaft sein? Immerhin, damals war die Zeit des großen Konflikts, da kann man nicht alle Taten so genau berechnen. Doch was war mit heute? Der große Klaus hatte nichts dazugelernt, vertrat noch immer das Prinzip Absahnen und Draufhauen.

Natürlich war auch beim kleinen Klaus nicht alles eitel Sonnenschein. Teile der Familie hingen noch immer den alten Vorstellungen nach. Das waren die, die das Erbe des damaligen Führers Hein verwalteten. Insgeheim wünschten diese, es dem großen Klaus an Bosheit gleichzutun. Und das böse Beispiel des großen Klaus ließ sie Boden gewinnen.

Wenigsten bemühte sich der kleine Klaus, denen zu helfen, die im Dorfe in Not geraten waren. Das war nicht nur das Anliegen des kleinen Klaus und seiner Familie insgesamt, sondern viele seiner Sippe engagierten sich gemeinsam mit den Menschen aus den Nachbarfamilien. Das war das einzig Erfreuliche in dieser dunklen, menschenverachtenden Zeit.

Dagegen der große Klaus fuhr fort, die Terroristen zu bekämpfen. Die vermeindlich Schuldigen am großen terroristischen Anschlag, die er gefangen nehmen konnte, wurden einer geradezu unmenschlichen Folter ausgesetzt. Viele im Dorf waren entsetzt darüber und bezeichneten die Reaktion des großen Klaus als Barbarei.

Auch wenn der große Klaus die Terroristen verteufelte, solche unmenschliche Mißhandlungen kamen bei ihnen nicht vor. Sie schlugen zu, aber sie quälten nicht. Und sie waren gerade dabei, sich unwiderstehliche Waffen zu beschaffen, um dann den großen Befreiungsfeldzug gegen den großen Klaus zu beginnen.

Wir wollen sehen, warum diese Waffen nicht zum Einsatz kamen. Jedenfalls nicht in diesem Dorf, wo zu guter Letzt doch die Vernunft die Oberhand gewann.

Die große Flut

Es fing ganz langsam an zu regnen. Tagelang war es nebelig trüb und wolkenverhangen. Kein Sonnenstrahl fiel auf die Erde. Feine, kleine Regentropfen fielen herab. Man wußte zunächst nicht, ist es Regen oder Nebel, aus dem sich Tropfen Wassers kondensierten und hinabschwebten. Dabei glich das Grau der Landschaft dem Grau des Himmels.

Nachdem es mehrere Tage so dahingepieselt hatte, wurden die Tropfen etwas größer. Nun war der Nieselregen nicht mehr nur erfrischend auf der Haut, er durchnäßte die Kleidung. Denn er fiel auch jetzt noch ununterbrochen, Tag und Nacht. Wer jetzt nicht unbedingt hinaus mußte, blieb daheim. Auch das ging so einige Tage.

Langsam kam Wind dazu, schließlich Sturm. Trat man nun vor die Haustür, so nur noch in Gummistiefeln und Friesennerz. Mit dem aufkommenden Sturm verstärkte sich der Regen. Der Regen fiel nicht mehr in Tropfen vom Himmel, es schüttete wie mit Kannen, und langsam wurde es ungemütlich.

Die Bäche waren richtig kleine Flüsse geworden, der große Teich, in dem sonst die Enten gründelten und in dem man in weiten Teilen stehen konnte, war längst über die Ufer getreten und zu einem richtigen See geworden. Er nahm jetzt eine Fläche ein, die bis an die ersten Häuser des Ortes heranreichte.

Das heißt eigentlich wußte man gar nicht mehr so genau, wo der große Teich aufhörte und der feste Boden begann. Denn auch die Höfe, Wege, Felder standen kniehoch unter Wasser. Die Bäche waren zu reißenden Flüssen geworden, die die bestehenden Brücken fortzureißen drohten. Die Dorfbewohner sahen voll Unruhe aus den Fenstern und fragten sich, was aus dem allen werden solle.

Und der Regen nahm zu. "Wo kommt nur das viele Wasser her?", fragten sich die Dörfler. Das geht nicht mit rechten Dingen zu. Nicht einer von ihnen, der Ähnliches schon einmal erlebt hätte. Dabei waren einige im Dorf, die schon viele Jahrzehnte auf dem Buckel hatten. Nein, ein solcher Regen war noch keinem untergekommen.

Der Regen fiel nun in stürzenden Bächen und ließ rings das Wasser steigen. Längst bedeckte der große Teich die gesamte Fläche des Dorfes. Ob Felder oder Gehöfte, alles war nun eine einzige Wasserfläche. Und das Wasser stieg. Zwar verbarrikadierte man die Eingänge mit sandgefüllten Säcken. Ob das Erfolg haben würde, wußte keiner.

Es war klar, daß das Wasser in die Häuser dringen würde. Erst stand es einen Meter außen an der Hausmauer, dann immer höher steigend ließ es die Wand der Säcke bersten und die Fluten ungehemmt in die Häuser strömen. Fast überall war nun das Erdgeschoß voll von Wasser. Wer Vieh hatte, versuchte, dieses in das obere Stockwerk zu retten.

Angst kroch die Menschen des Dorfes an. Ob nun arm oder reich, alle waren betroffen, keiner konnte sich noch in Sicherheit wiegen. Als auch die oberen Stockwerke geflutet waren, ging es auf die Dächer. Überall saßen sie auf den Firsten und ließen den Regen an sich herunterrinnen. Ein Bild zum Gotterbarmen!

Vielleicht wären sie alle ertrunken oder vor Kälte erfroren, wenn der Regen weiter so hinabgerauscht wäre. Doch langsam wurde er schwächer, legte Pausen ein, war nur noch ein Sprühen, ein Tröpfeln. Schließlich versiegte er ganz. Die Menschen auf den Dächern und in den Bäumen schauten um sich. Nun erst gewahrte man das ganze Ausmaß der Verderbnis, das die Dörfler erfaßt hatte.

Alles Matsch, Trümmer, Schlamm, und das mit Wasser bedeckt! Die Ufer des großen Teichs waren verschwunden, ob Teich oder sonst festes Land - alles war zur Wasserfläche geworden. Und mitten im alten Teil des Dorfes der Silo mit dem Getreide. Dort hatten die Bauern, jeder nach Ertrag seiner Felder, das Korn gelagert.

Im Nachherein erschien es den Altdörflern wie eine gnädige Fügung, daß sie den Silo auf einem Felsbrocken errichteten, der sich mitten im Dorf befand. So war es nicht verwunderlich, daß das im Silo befindliche Korn von den heranrauschenden Wassermassen in keiner Weise verdorben oder auch nur in Mitleidenschaft gezogen wurde.

Ganz anders war es da mit den Vorräten des großen Klaus bestellt, die in einer Scheune lagerten. Schlamm- und Schlickmassen waren in die Scheune eingedrungen und hatten dort ein unbeschreibliches Chaos angerichtet. Das wurde allerdings erst sichtbar, als man zu den Säcken vorgedrungen war, was eine Zeit dauerte.

Denn die Wassermassen standen ja zunächst mehrere Meter hoch über dem Boden. Da war dann ein schlechtes Herankommen an das Getreide. Es dauerte eine geraume Zeit, bis die Wasser soweit abgeflossen waren, daß man ins Innere der Scheune vordringen konnte. Was man dann allerdings sah, war geradezu schauerlich.

Die Säcke mit dem Korn, völlig durchnäßt, von außen schlammverschmiert. Modergeruch in der Luft. Die Körner entweder faulig oder austreibend. Als man noch überlegte, wie zu retten, was zu retten war, kam die Nachricht, daß die Altbauern ihre Vorräte vollständig gerettet hätten. "Na bitte", sagte der große Klaus, "wir sind gerettet".

Nun sollten die Geldleute, die vom großen Klaus abhängig waren, Korn vom alten Teil des Dorfes herüberschaffen. Sie fuhren mit Transportkähnen hinüber, kamen aber unverrichteter Dinge wieder zurück. "Die Altbauern haben das Korn in dem Silo mit Beschlag belegt", verkündeten sie dem großen Klaus, "sie sagten, das wäre ihr Recht!".

"Ihr Recht?", donnerte der große Klaus, "was Recht ist, bestimme immer noch ich!" Wutentbrannt setzte er sich in einen Kahn und ruderte zum alten Teil des Dorfes hinüber. Dort traf er sie alle versammelt, die Altbauern, darunter den kleinen Klaus und auch den Bauern Bär, denn dieser hatte sich zu den Altbauern als einer der ihren dazugesellt.

"Wie kommt ihr dazu, mir mein Korn aus eurem Silo vorzuenthalten?" schnaubte er los. "Das wird Konsequenzen haben, verlaßt euch drauf! Du besonders, kleiner Klaus, solltest nach allem, was ich dir Gutes tat, nicht so unverschämt sein, mein Recht zu schmälern. Vergiß nicht, du bist in meiner Gewalt, wenn ich will, kann ich dich vernichten!".

Nun sah Bauer Bär seine Stunde gekommen. Er hatte keinesfalls die Machenschaften des großen Klaus vergessen, die ihn an den Rand des Ruins getrieben hatten. "Was sollte der kleine Klaus von Dir schon Gutes erhalten haben", sagte er zum großen Klaus, "von dir hat nie irgend jemand Gutes empfangen, der kleine Klaus schon gar nicht!

Eins will ich dir sagen, solltest du versuchen, den kleinen Klaus dir mit Gewalt gefügig zu machen: ich kämpfe auf seiner Seite. Auch die anderen Altbauern haben beschlossen, seine Stange zu halten. Versuch es mit Gewalt! Ich sage dir aber voraus, daß du besser daran tust, dein vergammeltes Getreide zu fressen, als anständige Leute zu bedrohen".

Der Alte vom Tal

Der große Klaus wendete sich wutschnaubend ab. Er wußte, daß gegen die vereinte Macht der Altbauern und des Bauern Bär kein Gegenankommen war. Und so, wie die Dinge lagen, würde man ihre Allianz auch nicht aufbrechen können. Schließlich wollte jeder von ihnen überleben. Die Not schweißte sie zusammen.

Er wollte sich schon auf den Heimweg machen, als eine Bewegung in der Schar der Versammelten entstand. Man rief: "Der Alte vom Tal soll sprechen", und: "Laßt den Alten vom Tal die Sache untersuchen!" Da war der große Klaus denn doch neugierig, wie sich die Sache entwickeln würde und gesellte sich noch einmal zu den Versammelten.

Der große Klaus hatte schon von dem Weisen des Dorfes gehört, den sie den Alten vom Tal nannten. Man sagte, er wäre fähig, die Welt zu erklären und darüber hinaus die Ratschläge zu erteilen, die bei schwierigen Situationen eine Lösung herbeizuführen vermöchten. Außerdem hätte er schon in einigen Kontroversen mit Erfolg vermittelt.

Die Versammlung fand auf dem Dorfplatz statt, dort, wo am Freitag Markt abgehalten wird. In der Mitte des Platzes befindet sich ein Steinquader. Auf den kletterte der Alte vom Tal und war nun allen sichtbar. Er sah sich um, bemerkte den großen Klaus nicht weit von sich, auch einige Ödbauern und dachte bei sich, daß wohl alle an einer Lösung Interessierte auf dem Platz versammelt wären .

"Liebe Mitbewohner des Dorfes", begann er, "nachdem wir den großen Regen mit seinen schrecklichen Überschwemmungen überstanden haben, machen uns seine Nachwirkungen zu schaffen. Sie können leicht zum Untergang unseres Gemeinwesens führen. Wir müssen neue Wege gehen, wollen wir diese gefährliche Situation meistern.

Es ist nicht nur die Knappheit an Korn, die uns Schwierigkeiten bereitet. Es ist auch das Aufbegehren der Ödbauern, das der große Klaus als

Terrorismus, ich jedoch als Aufstand bezeichnen möchte und das sich gegen die allgegenwärtige Ausbeutung durch die Geldleute richtet.

Es ist aber noch etwas. Der große Regen, der uns getroffen hat, kam so unerwartet nun auch wieder nicht. Gegen die Belange der Natur wird bei uns in einer Weise gesündigt, daß es schon ein Skandal ist. Es wird übel ausgehen, wenn wir mit dieser Schädigung der Natur nicht aufhören.

Ich bin zu der Überzeugung gelangt, daß die Natur wie ein empfindendes handelndes Wesen aufzufassen ist. Mißachtet man sie zu sehr, schlägt sie mit Kraft zurück. Der große Regen war die erste Attacke der Natur gegen uns, weitere werden folgen: Dürren, Erdbeben, Vulkanausbrüche, Seuchen. Nicht wir haben sie, sie hat uns im Griff!

Worauf ich hinaus will: Wir brauchen eine neue Art miteinander und mit der Natur umzugehen. Wenn wir nicht begreifen, daß ein Mensch keine Ansammlung von Zellen ist und die Natur nicht nur eine Anhäufung von Material darstellt, machen wir uns selbst zu etwas, das manipuliert, ausgesogen und schließlich fortgeworfen wird.

Wir benötigen ein neues Selbstverständnis, man könnte auch sagen eine neue Weltanschauung. Wenn jeder hier bereit ist, andere Menschen nicht als Mittel zur Bereicherung zu sehen, wäre eine Neuordnung der Dorfgeflogenheiten möglich, die auf Menschlichkeit aufgebaut ist. "

"Was soll das für eine Neuordnung sein?" fragte der große Klaus, "so wie es jetzt ist, ist es doch ausprobiert und richtig". - "Wenn es so richtig wäre, stündest du nicht mit leeren Händen da". - "Ich stehe nur deshalb so da, weil ich mein Recht nicht durchsetzen kann gegen die Schufte!" - "Was du dein Recht nennst, ist das, was du bisher erzwungen hast. Jetzt ist der Zwang zerbrochen, und das Recht ändert sich".

Der große Klaus wollte schon wieder aufbrausen und fragen, welches Recht sie hätten, das Recht zu ändern. Aber er wußte die Antwort schon im Voraus, mit dem Recht des Stärkeren, das er bisher besaß und es so auch oft genug angewendet hatte. Also fragte blickte er den Alten vom

Tal an und fragte: "Wie soll das neue Gesetz entstehen und wie soll es beschaffen sein?"

"Das neue Gesetz muß Gesetz aller sein und nicht nur Gesetz eines mächtigen Bauern und weniger mächtiger Geldleute. Das bedeutet, daß alle im Dorf ihre Zustimmung geben müssen, und zwar freiwillig ohne Zwang", sagte der Alte vom Tal. Der große Klaus fragte: "Etwa auch die Ödbauern und Habenichtse des Dorfes?" - "Ja, auch die, gerade die. Denn es kann nicht sein, daß nur der Reichste den Ton angibt", entgegnete der Alte vom Tal.

"Die Reichen haben am meisten zu verlieren, deshalb sind sie es, die die Geschicke des Dorfes lenken sollten", sagte der große Klaus. "Bedenk bitte, daß du, was die Nahrung anlangt, jetzt zu den armen Schluckern gehörst. Willst du ganz ohne Stimme in der neuen Ratsversammlung sein?" - "Das bewahre Gott", entsetzte sich der große Klaus. Er mußte sich erst an die Stellung gewöhnen, die er jetzt inne hatte.

"Dann gehe ich also davon aus, daß du mit meiner Art Neuordnung der Verhältnisse im Dorf einverstanden bist?" fragte der Alte vom Tal. "Wenn es nicht anders geht, will ich damit einverstanden sein", sagte der große Klaus, "wenn es ein Überleben für mich und meine Familie gibt und wenn unser weiteres Leben lebenswert bleibt".

"Wenn alle mit meiner Konstruktion einverstanden sind, kann ich dafür garantieren", sagte der Alte vom Tal. "Du bist zwar nur einer von vielen, doch nicht mehr und nicht weniger wert als jeder. Damit das nicht mal einfach geändert werden kann, dürfen die Kämpfer der einzelnen Familien nicht mehr der Familie selbst unterstellt werden, sondern dem Dorf als ganzes. Das ist das wichtigste von allem!

Wenn nicht von vornherein verhindert wird, daß Einzelne oder einzelne Familien andere durch Gewaltmaßnahmen einschüchtern, manipulieren oder sich gar unterjochen können, können wir die ganze Neuordnung getrost vergessen. Nur ein Gewaltverzicht der Einzelnen kann einen Ausgleich der Rechte zwischen den Dorfbewohnern sicherstellen.

Erst dann können die Geldleute ihres Geldes und damit ihrer Macht beraubt werden. Erst jetzt können wieder die alten Tugenden von Fleiß und Einsatz ihre richtige Bewertung erhalten. Zur Zeit lassen sich hohe Einkünfte nur durch Anwendung von Macht erreichen, sei es mittels Geld oder durch Gewalt. Das muß geändert werden.

Wir brauchen die Entscheidung, daß der Strom der Güter nicht weiterhin von Arm nach Reich, sondern endlich von Reich zu Arm fließt. Ohne einen solchen Ausgleich wird keine Ruhe ins Dorf einkehren. Durch die besondere Prägung der Gesetze wurde früher den Geldleuten über das Maß gegeben. Diese Fehlhäufung von Besitz muß durch eine entgegengesetzte Änderung der Gesetze korrigiert werden.

Die sich bereichernde Macht ist betrügerisch. Sie basiert auf der früheren Machtentfaltung des großen Klaus. Er vor allem ist schuld an den verderblichen Zuständen in diesem Dorf. Ginge es nur um Recht und Gerechtigkeit, man müßte ihn verhungern lassen, um so den Macht-mißbrauch, der von ihm ausgehend das ganze Dorf erfaßt hat, ein für allemal zu beseitigen.

In Wahrheit geht es aber um Menschlichkeit. Was wäre das für eine Menschlichkeit, die den Sünder von ihrer Anwendung ausschlösse! So gehörst du, wohl oder übel, zu dem Kreis derjenigen hinzu, denen mit Menschlichkeit zu begegnen ist. Das verlangt die Erkenntnis, die ich von Welt und Dasein gewonnen habe".

Der Alte vom Tal hatte diese seine Erkenntnis nicht durch höhere Inspi-ration in Art der Sicht von Unwirklichem gewonnen, so wie es die früheren Religionsgründer getan hatten, sondern durch Einsicht in die Zusammenhänge der Welt. Das, was er vermittelte, hatte nicht Glauben, sondern Gewißheit zur Grundlage.

Gewißheit war, daß der Mensch nicht mit dem Tode auch gänzlich ausgelöscht, sondern zunächst in einem geistigen Bereich, dann aber in veränderter Gestalt wieder hier auf der Erde geboren würde. Das brachte es mit sich, daß die Sünden, die er im einen Leben begangen hatte, bei Lebensende nicht einfach dadurch gegenstandslos wurden, daß der Sünder sich in Nichts auflöste.

Nein, er war da und trug die aufgehäufte Sündenlast weiter mit sich herum. Die vorhandene Schuld vergiftete sein ganzes weiteres Dasein. Es gab nur einen Weg, sich aus dem Dilemma zu befreien - das war die innere Aufarbeitung der früheren Vergehen, zunächst durch Einsicht, dann durch tätige Reue.

Gewiß war auch, daß es einen Gott gab, der zu großen Teilen die Geschicke in Dorf und Welt leitete, wenn diese Einsicht auch in der Zukunft nicht bei allen Dörfler Eingang finden würde. Das machte nichts, da vor der Liebe zu Gott die zu den Menschen gelernt sein will.

Der Alte vom Tal hatte das den Dörflern schon früher auseinandergesetzt. Nicht jeder verstand, was der Alte vom Tal sagte, aber man begriff, daß das Gesagte Hand und Fuß hatte und daß es durchaus zu begreifen war. Was man aber einsah war, daß es zu den Vorstellungen des Alten vom Tal keine Alternative gab, sollte das Dorf nicht in Chaos und Verderben enden.

Also gab man, mehr oder weniger überzeugt, seine Zustimmung. Das ist nur in einem solchen Dorf möglich, wo jeder jeden kennt und man letztlich doch miteinander auskommen will. In der großen Welt werden wohl stärkere Schicksalsschläge notwendig sein, eine solche Zustimmung zu erreichen.

Der große Klaus zögerte noch mit seiner Entscheidung. Als er nach Hause zurückgekehrt war, beauftragte er seine Söhne, die Argumentation des Alten vom Tal zu prüfen. Diese erschienen beim Alten vom Tal. Auch einige Gelehrte waren mitgekommen.

Man hörte dem Alten nicht nur mit Geduld zu, man diskutierte auch mit ihm über dessen besondere Auffassung von Welt und Dasein. Dabei wurde immer klarer, daß die Menschen im Dorf bisher einem großen Irrtum erlegen waren.

Sie hatten die Welt und auch ihr Dasein darin völlig falsch gesehen. Wie Kinder, frei von Bezugnahme zu den Folgen jedweden Handelns. Als die Söhne des großen Klaus zu ihrer Familie zurückgekehrt waren, sagten sie zu ihrem Vater: "Wir können so nicht weiterleben wie bisher. Wir müssen unser Leben ändern, und du auch!"

Das war allerdings eine ziemlich überraschende Mitteilung für den großen Klaus und er mußte sich erst mal setzen, um das Gesagte zu verdauen. "Meine Lieben", kam es matt aus seinem Mund, "seid ihr auch ganz sicher, daß ihr keinem Irrtum aufgesessen seid?" - "Ganz sicher", war ihre übereinstimmende Antwort.

"Wenn wir so weitermachen wie bisher, trifft uns die Schuld am Tod vieler, die ohne unser Einlenken das nächste Jahr nicht erleben werden", sagte der jüngste Sohn, "die Vorschläge des Alten vom Tal sind sinnvoll, realistisch und von Menschlichkeit geprägt. Sie werden uns aus dem Morast der egoistischen Machenschaften und der Vorliebe für Gewalt-lösungen herausführen.".- "Nimm Vernunft an, Vater!", ergriff ein anderer der Söhne das Wort, "der Alte vom Tal sagt, es gäbe kein Ent-rinnen aus einmal aufgehäufter Schuld. Willst du so weitermachen und dann schuldbeladen deine Todesstunde erwarten? Ich nicht!"

Der Jüngste sagte: "Die Christen glauben, zuletzt hilft die Gnade Gottes aus aller Ungemach. Aber Gnade setzt Einsicht und Reue voraus. Hast du die Einsicht in die Verderblichkeit deiner Taten gewonnen? Fühlst du Reue in dir für das, was du bisher an Unmenschlichem tatest? Die Gnade Gottes jemand zu verheißen, nur weil er an Gott glaubt, ist volksver-dummend und verbrecherisch. Es läßt die guten Taten Anständiger als entbehrliche Lapalie erscheinen.

Die Neuordnung der Verhältnisse

Eine Stille entstand. Dann erhob sich der große Klaus und sagte: "Geben wir dem Alten vom Tal und uns eine Chance. Es könnte ja sein, daß er Recht hat. Dann werden wir alle dabei gewinnen".

Die Altbauern hielten Wort. Der große Klaus erhielt aus dem Silo so viel Korn, wie er für das Überleben seiner Familie brauchte. Und nicht nur er. Auch alle die, die durch den anhaltenden Regen und die Überschwemmung ohne Korn dasaßen, wurden unterstützt. Das Korn reichte für alle, man mußte nur haushalten und nichts vergeuden.

Der große Klaus hatte der Neuordnung der Verhältnisse zugestimmt. Und wie es seine Art war, war er auch gleich aktiv mit von der Partie. Die Armen sollten aus ihrer Armut herausgeholt werden. Das kostete einiges. Da war es für alle besitzenden Bauern beruhigend, alles, was diese Aktion an Geld verschlang, von den Geldleuten zahlen zu lassen.

Bis zu einer großzügig bemessenen Grenze wurde keinem der Besitz streitig gemacht. Was über der Grenze lag, wurde enteignet, so, wie Wucherzinsen den Schuldner zu enteignen pflegen. Es gab Proteste, Schmähungen, Verwünschungen. Die Geldleute versuchten, ihre noch vorhandene Macht gegen die Dorfgemeinschaft einzusetzen. Vergebens!

Wer dabei erwischt wurde, wie er Geld an der Dorfgemeinschaft vorbeischleuste, und ertappt wurden am Ende alle, der ging für Jahre in die Steinbrüche, und konnte nun einmal nachspüren, was es heißt zu arbeiten und nicht nur verbrecherisch mit Finanzen herumzujonglieren. Das dämpfte den Elan der Geldleute empfindlich.

Schließlich waren die Reichen auf einen Besitz reduziert, der ihnen alle Einwirkungsmöglichkeit auf die Dorfgemeinschaft nahm. Die Armen waren so weit saniert, daß sie vollwertige Mitglieder der Dorfgemeinschaft abgaben.

Es war also nicht nur eine Dorfversammlung gebildet worden, die diesen Namen auch verdiente, es war eine echte Solidargemeinschaft entstanden, die es als ihre Aufgabe ansah, in Not geratene Mitglieder der Dorfgemeinschaft soweit zu unterstützen, bis sie wieder aus eigener Kraft ihren Lebensunterhalt bestreiten konnten.

Das geschah nicht mit Hilfe von Krediten, denn die Dorfgemeinschaft wollte nicht am Unglück ihrer in Not geratenen Mitglieder verdienen, sondern durch direkte Unterstützung, so, wie es sich gehört. Erwartet wurde von den Unterstützten, daß sie das Menschenmögliche unternahmen, um sich aus ihrer Zwangslage zu befreien.

Überhaupt: Die stille Macht des Geldes war gebrochen. Man sah nicht mehr darauf, sein Geld immer und immer weiter anzuhäufen. Es genügte ja, das zu erwerben, was für Unterhalt und Sicherung der Zukunft notwendig war. Das Geld machte die Menschen nicht mehr besitzsüchtig. Und das war gut so.

Die Geldleute verschwanden und keiner bemerkte ihr Verschwinden. Und wenn man ihr Verschwinden registrierte, so unter der Bemerkung von "Gott sei Dank!" Denn die Ballung des frei verfügbaren Geldes, das der Eigner so oder so, unter Umständen jenseits jeder gesellschaftlichen Moral einsetzen durfte, hatte die schreckliche Deformation der Verhältnisse im Dorf bewirkt.

Das wurde nun anders. Nicht das Geld entschied, wo es eingesetzt wurde, sondern die Familie oder die Dorfgemeinschaft erlaubte den Einsatz von Geld. Wer da nicht mittun wollte, der sah den Wert seines Geldes dahinschmelzen wie Butter an der Sonne. Nach zwei, drei Jahren war er von seiner Hortungssucht geheilt.

Die Rede von den Selbstheilungskräften der Wirtschaft wurde als grobes Täuschungsmanöver erkannt. Auch die immer ekstatisch vorgebrachte Wachstumseuphorie wurde nachhaltig zerstört. Sie diente von allem

Anfang an nur der ungebremsten Geldvermehrung derjenigen, die den Hals damals immer noch nicht voll genug bekommen hatten.

Man begriff im Nachhinein, daß ein jedes Wachstum von irgendwelchen Produktionen immer auch die Giftstoffe wachsen ließ, die die Natur in so beängstigender Weise beeinträchtigte. Dieser ökologische Aspekt bewirkte, daß man Wirtschaftswachstum nicht als positiv, sondern als zunächst einmal zerstörerisch ansah.

Nur wenn gewichtige Gründe für die Erhöhung der Produktion sprachen, wurde der Ausbau einer Produktion von der Dorfversammlung genehmigt. Dann mußte diese Produktion aber so gestaltet werden, daß die Natur im weitesten Maß geschont wurde.

Die Macht lag ganz und gar bei der Dorfgemeinschaft. Das bedeutete auch die Beschneidung der Macht Einzelner und einzelner Familien. Einzelne wurden immer nur mächtig auf Zeit. Die Familien wurden einer Machtbalance und Machtkontrolle unterworfen. Das sollte verhindern, daß eine Familie, wie die des großen Klaus, die ganze Macht an sich riß.

Einmal im Jahr wählte die versammelte Dorfgemeinschaft die Dorfversammlung und entließ deren Vorgänger. Dabei setzte sie auch gleich die Bezüge der Mitglieder der Dorfversammlung fest. Es war im Dorf nicht mehr so wie sonst üblich, daß die Dorfversammlung sich die Bezüge selbst genehmigen durfte.

Den Dörflern wäre jetzt eine solche Methode als Einladung zu Selbstbedienung und Selbstbereicherung erschienen. Und wurde eine Dorfversammlung am Ende des Jahres von der Dorfgemeinschaft unehrenhaft entlassen, mußten ihre Mitglieder die gezahlten Gehälter zurückzahlen. Das motivierte jene zu anständiger Arbeit!

Zusammengenommen hatte das Dasein im Dorf wieder Sinn erhalten. Da man keine Angst mehr vor möglichen gewaltsamen Konflikten im Dorf zu haben brauchte, da es sie nicht mehr gab, wurden langsam alle alten

Feindschaften begraben. Dafür wuchs das Gemeinschaftsgefühl. Jeder fühlte sich für das Wohl der Allgemeinheit mitverantwortlich

So hatten nach dem großen Regen, der leicht zur großen Katastrophe hätte werden können, die Angelegenheiten im Dorf eine recht glückliche Wendung genommen. Die Dorfbewohner, also auch der kleine und der große Klaus, waren jedenfalls mit ihrem Dasein zufrieden.

Und das ist etwas, was erst einmal zustande gebracht werden muß! Die große Welt jedenfalls wird noch geraume Zeit daran zu werkeln haben, bis sie einen solchen Zustand der Zufriedenheit aller vorweisen kann.

Und damit hat das Märchen ein ganz und gar erfreuliches

Ende.

Vom Autor erschienen

Adolf Tscherner

Theorie der Existenz

Beweis der Unsterblichkeit der Seele und der Existenz Gottes

Essen 2000, 222 Seiten, 25,50 DM

ISBN 3-89206-099-1

Adolf Tscherner

Neue Philosophie

Eine Kurzfassung der "Theorie der Existenz"

44 Seiten, auf Anforderung z.Z. kostenlos

In Gemeinschaft mit "Li-Tee-Rat" (erscheint ca. Nov. 02)

Adolf Tscherner (unter 6 Autoren)

Das Beste vom Li-Tee-Rat 2002

Hamburg 2002, ca. 124 Seiten,

ISBN 3-8311-3675-0

Internet-Adressen:

eMail-Adresse: adolf-tscherner@t-online.de

Homepage: www.adolf-tscherner.de

              www.neue-philosophie.de